C.Bertelsmann

Anne
Müller

Wer braucht schon Wunder

Roman

C.Bertelsmann

Das Mottozitat ist entnommen aus Rose Ausländer, »blaue Gedichte«, in:
Gesammelte Werke in sieben Bänden. Hrsg. von Helmut Braun. (Bd. 4):
Im Aschenregen die Spur deines Namens. Gedichte und Prosa

FSC www.fsc.org MIX Papier | Fördert gute Waldnutzung FSC® C014496

Klimaneutral* Druckprodukt ClimatePartner.com/14044-1912-1001

Penguin Random House Verlagsgruppe FSC® N001967

1. Auflage

Neumarkter Str. 28, 81673 München
Umschlaggestaltung: Favoritbuero
Umschlagabbildung: T.S. Harris, Taking the Plunge, 2017 (Ausschnitt)

Satz: Leingärtner, Nabburg
Druck und Bindung: GGP Media GmbH, Pößneck.
Printed in Germany
ISBN 978-3-570-10511-5

www.cbertelsmann.de

Für die Jungs und Männer in meinem Leben,
mit denen es nichts wurde.
Mehr noch aber für die, mit denen es was wurde.

»Mit meinem Blau
male ich Sterne«

Rose Ausländer, Verwandelt

I.

Der Kakadu

Fränki war mir nicht unbedingt sympathisch, als ich mich bei ihm vorstellte, aber ich ihm, und das war wichtiger, denn er war der Boss, und er sollte mich einstellen. Er sollte das Gefühl haben, dass ich genau die Richtige war, um den *Kakadu* als Aushilfe im Service mit zu schmeißen, denn es gab ja schon Biggi, die fest angestellt war und wie Fränki zum Inventar gehörte. Köche, Küchenhilfen und Aushilfen wechselten, aber Fränki und Biggi waren die Konstanten im *Kakadu*, seit er eröffnet hatte, wir wussten alle nicht mehr, wann das genau gewesen war. Inzwischen gehörte der *Kakadu* aber so zu unserer kleinen Stadt, dass ihn sich keiner mehr wegdenken konnte, und alles, was man sich nicht mehr wegdenken kann, ist im Grunde schon immer da gewesen.

Es war auch nicht so, dass Fränki die Kneipe von jemandem übernommen hatte; vorher war in dem Gebäude, an dem nun ganz selbstverständlich draußen ein breites, bunt bemaltes Holzschild mit der Aufschrift »Kakadu« hing, ich weiß nicht mehr was, gewesen, es war einfach ein großes, leer stehendes Haus mitten in der Stadt, nahe der Kirche und nicht weit vom Hafen. Ein Haus, das einer Erbengemeinschaft gehört hatte, die sich nach jahrelangem Streit irgendwann darauf einigte zu verkaufen. An Fränki, der auch nicht aus Kappeln stammte, sondern ein weit Zugereister war. Doch inzwischen zählte auch das nicht mehr. Wer eine der akzeptablen Kneipen am Ort besaß, die für manche zum zweiten Wohnzimmer geworden war, der brauchte keine Einbürgerungsurkunde. Fränki war Fränki, alle nannten ihn so, keiner von den Stammgästen sagte Frank oder siezte ihn, und das hätte er sich auch verbeten. Sein Nachname stand auf dem kleinen Klingelschild außen am Eingang des *Kakadu*. F. Hoffmann. Wenn man draufdrückte, klingelte es oben in seiner Wohnung. Eine Kneipe braucht keine Türklingel. Sie ist geöffnet oder geschlossen.

Fränki, immer im Jeanshemd mit schwarzer Lederweste drüber, spülte gerade Biergläser am Tresen. In dem Moment wusste ich noch nicht, dass das Abwaschen und Polieren der Gläser zu seinen Lieblingsbeschäftigungen gehörten, es schien ihn zu beruhigen, ihm eine innere Befriedigung zu geben, wenn sein Tresen blitzte. Hinter ihm standen die Spirituosen im Regal. Whisky, Rum, Liköre, Schnäpse. Die Vormittagssonne spiegelte sich in den vielen Gläsern und Flaschen, es sah aus wie eine Orgel aus Licht und Glas. Die alte Standuhr tickte, und alles wirkte so aufgeräumt und friedlich. Schwarzer Kaffee duftete zu mir rüber aus einem Becher mit *Stones*-Zunge.

»Und? Schon mal gekellnert?«, fragte Fränki mit seiner tiefen, sanft-kratzigen Raucherstimme.

»Nee.« Ich lächelte ihn an, um meine mangelnde Erfahrung wettzumachen. Ich wusste, dass ich mit meinem

Lächeln schon viel im Leben erreicht hatte, und auch wenn ich nicht unbedingt stolz darauf war, mit solchen Tricks zu operieren, es klappte so gut, dass ich schön blöd gewesen wäre, mein Lächeln nicht einzusetzen.

Im Englischleistungskurs hatte ich zwei Mitschülerinnen gehabt, Sybille und Kerstin, die sich als Feministinnen bezeichneten. Für sie hieß das offenbar, auf keinen Fall mit einem BH, gewaschenen Haaren und einem Lächeln in die Schule zu kommen, als wäre das Verrat an der Sache. Ich verstand das nicht, denn man konnte beobachten, wie sie sich damit das Leben selbst schwer machten. Es war doch ganz leicht, mit einem Lächeln manche Herzen zu öffnen und zum Beispiel meinen etwas verklemmten Mathelehrer, Herrn Heitmeyer, davon zu überzeugen, dass eine Schülerin, die so intelligent lächelte, unmöglich eine Fünf im Zeugnis erhalten konnte, obwohl die Noten der Tests und Klausuren eher dafürsprachen. Heitmeyer trug immer so seltsam gestrickte Pullis mit misslungenen, puffärmelartigen Armkeulen, die ihm jegliche Autorität nahmen. Mich beschäftigte sehr, wer sie wohl gestrickt hatte und wem zuliebe er sie anzog und sich damit zum Affen machte.

Den Trick mit dem Lächeln hatte ich übrigens auch bei anderen beobachtet. Ich war bei Weitem nicht die Einzige, auch Jungs wandten ihn an, und dann klappte es für sie besonders gut bei den Referendarinnen, die sie damit um den Finger wickelten. Die eine, Fräulein Jäger, soll sogar mit einem meiner Mitschüler, Henning Hansen, eine Affäre gehabt haben. Zum Glück erfuhr ich das erst nach dem Abi bei einer der Feten, dass die

Jäger Henning erlegt hatte. Ich hätte sie sonst in der mündlichen Prüfung, die sie mir in Bio abnahm, nicht ernst nehmen können und mich die ganze Zeit gefragt, wie der Lehrkörper wohl so im Bett war.

Fränkis Alter ließ sich schwer schätzen, und er verriet es niemandem. Irgendwo zwischen mittelalt und alt. Mit seinen blauen Augen und langen, lockigen Haaren, die ihm seitlich bis zu den Ohren und hinten bis zur Schulter reichten, wirkte er wie ein Rockmusiker. Er war meistens schlecht rasiert, und wenn er es dann doch mal tat, stand er mit einigen feinen Schnittwunden im Gesicht am Tresen, was dazu führte, dass ihm nicht wenige der männlichen Stammgäste Vorträge hielten, wie man sich richtig rasierte, und alle sich verwundert fragten, warum Fränki keinen elektrischen Rasierer besaß. Doch das lehnte er ab. Ein Elektrorasierer war gegen seine Ehre, denn Fränki hatte einen Hang zum Altmodischen und zu Antiquitäten.

Der *Kakadu* war entsprechend voller alter Möbel, überall zusammengekauft von Fränki bei alten Leuten, die die Nähmaschinentische, dunklen Anrichten, Holzstühle und Tische nicht mehr wollten, oder bei den Nachfahren der Alten, die die traurigen Möbel noch nie gemocht hatten und sich lieber mit dem jetzt angesagten hellen Holz einrichteten. Manche, sagte Fränki, hätten ihm die dunklen Möbel, auch die Standuhr, geschenkt und sogar geliefert, so erleichtert waren sie, sie endlich loszuwerden, als klebte an den Möbeln schwere Vergangenheit. »Mensch, Fränki, da hättest du doch vielleicht noch Kohle dafür verlangen können, Leuten diese

Möbel abzunehmen«, ärgerte ihn die Mittwochs-Skatrunde. Fränki hatte mal stolz verkündet, dass ihn die gesamte Einrichtung des *Kakadu* nicht mehr als 500 Mark gekostet habe.

Es gab auch noch ein paar alte Sofas, deren Federung sich unter dem dunkelroten Samt hervorwölbte, aber für Frankis Lieblingsgäste, picklige Teenager im Stimmbruch, die zwei Stunden lang vor einer Cola herumhingen und ihn mit ihren hohen, albern giggelnden Stimmen nervten, waren die abgewetzten Sofas immer noch gut genug. Auch ich hatte hier auf den Samtsofas schon mit Freundinnen gesessen, KiBa oder Kakao getrunken und Probleme gewälzt. Meist ging es um Jungs, um unerreichbar Angeschwärmte (»er hat heute auf dem Schulhof zu mir rübergeguckt und gelächelt«), um Verflossene (»er hat mich heute nicht mal mehr gegrüßt und einfach weggeguckt«) oder um aktuelle Probleme an der Liebesfront. Es fühlte sich auf jeden Fall sehr erwachsen an, die Herzensangelegenheiten nicht mehr nur in der Pause auf dem Schulhof oder in unseren Mädchenzimmern zu bekakeln, sondern jetzt auch in einer Kneipe. Dabei hatte ich Fränki und Biggi schon erlebt, auch Aushilfen, meist Schülerinnen, wie sie sich mehr oder weniger gut schlugen.

An den gelben Wänden des *Kakadu* hingen vergrößerte, gerahmte Landschaftsaufnahmen von Fränki selbst, der sich immer auch ein bisschen als Künstler und Intellektueller gab. Doch daran, wie er die Ostsee, den Strand, die Schlei und ihre Ufer fotografiert hatte, erkannte man sofort, dass er nicht von hier war. Wir

Einheimischen hätten nie solche Fotos gemacht. Schwer zu sagen, was es genau war. Fränki fotografierte zum Beispiel den blühenden Raps bei Sonnenschein, ein Beweis, dass bei uns ab und zu auch die Sonne schien, aber ehrlich gesagt hatte ich den kaltleuchtendgelben Raps viel öfter unter einem grauen oder bewölkten Himmel gesehen, was meiner Meinung nach auch viel besser aussah. Unser Himmel war selten strahlend blau, unterm Strich nur wenige Wochen im Jahr. Im Grunde genommen wählte Fränki mit seinem Blick von außen Motive für Apothekenkalender und Postkarten aus, und wenn unsere Gegend eines nicht war, dann ein Postkartenmotiv. Dafür gab es zu viel Wind, Regen und Wolken, war es zu rau.

Auf jeden Fall waren wir weit ab vom Schuss, am Ende der Welt, kurz vor Dänemark. Dass es nördlich von Hamburg noch ein bisschen deutsches Land gab, wussten viele ja gar nicht. Diese geografische Unwissenheit und Ignoranz bekamen wir Einheimischen immer schmerzlich zu spüren, sobald wir uns südlich von Hannover begaben. Wir waren einfach nicht existent. Terra incognita. Das unbekannte Land zwischen den zwei Meeren. Von dem das eine, von uns weit entfernte Meer die Nordsee war und das andere, nur ein paar Kilometer weg, die Ostsee. In der »Tagesschau« kamen wir so gut wie gar nicht vor, das letzte Mal bei der Schneekatastrophe 78/79. Angesagte Kinofilme, Moden oder Strömungen erreichten uns hier oben, wenn überhaupt, immer mit Verspätung. Mit verspäteter Verspätung sogar noch. Als meine Freundin Anja mit einem

Foto von Kim Wilde zum »Salon Chic« in Kappeln ging, weil sie genau so einen Haarschnitt wollte, da grinste Friseur Kühn sie an. »Jo, min Deern, das ischa man auch bloß 'ne Föhnfrisur mit kurzen Haaren.« Damit beschämte er nicht nur Kim Wilde und Anja, sondern uns alle!

Für das Vorstellungsgespräch bei Fränki im *Kakadu* hatte ich extra meine langen Haare gewaschen, trug sie offen und hatte mir eine, wie meine Mutter gesagt hätte, »anständige« Bluse angezogen, weil ich den Ferienjob unbedingt haben wollte. Genau genommen hatte ich aber keine Ferien mehr, ich war fertig mit der Schule. Ein paar Jungs aus meinem Jahrgang hatten mit weißer Farbe für alle sichtbar »Abbi 83« zum Abschied auf die Betonkuppel unserer Schule gepinselt. Unser Direx hatte sich mächtig aufgeregt und gedroht, dass er dem Übeltäter das Abitur aberkennen würde. Die Schule lag am Wald und war noch ziemlich neu und sehr modern, ein doppelstöckiger Bau mit Flachdach, alles aus Beton mit farbigen Fensterrahmen. Ursprünglich war geplant, in der Kuppel eine Sternwarte einzubauen, doch dafür fehlte am Ende das Geld, und nun lagerten dort die Abiklausuren. Ich persönlich fand das mit dem Doppel-b genial, wer auch immer sich das ausgedacht hatte. Es ging das Gerücht, dass Henning Hansen, der Jäger-Erleger, Johann Kröger und Dirk Lubinski nachts, wohl nicht mehr ganz nüchtern, die Idee mit der Farbe auf der Kuppel hatten. Irgendjemand behauptete, dass sich Dirk an seinen Lehrern rächen wollte, weil er als Legastheniker wie ein Mensch zweiter Klasse behandelt worden war.

Jedenfalls war ein Foto mit »Abbi 83« durch die Zeitungen gegangen, verbunden mit der fassungslosen Frage, ob die Abiturienten heutzutage denn gar nichts mehr lernen würden. Auf die Idee, dass das ironisch gemeint war, kam offensichtlich niemand.

Ich war also keine Schülerin der Klaus-Harms-Schule mehr und noch keine Studentin, ich war ein 19-jähriges Mädchen aus Kappeln, eine Abbiturientin, deren Tage in der Heimat gezählt waren. Im Oktober würde ich zum Studium der Theaterwissenschaften weggehen, aber bis dahin musste ich mir noch etwas Geld verdienen.

Fränki hatte einen Schluck Kaffee genommen und stellte den Becher wieder ab, die *Stones*-Zunge in meine Richtung.

»Gut, dann probieren wir es. Du kriegst 7 Mark die Stunde plus Trinkgeld«, sagte er im Ton der Lottofee Karin Tietze, als hätte er gerade die Gewinnzahlen verkündet und ich den Jackpot gewonnen. Ferienjob als Kellnerin bei ihm im *Kakadu*, den Sommer über dort arbeiten, wo andere Urlaub machten und während die meisten meiner Freundinnen gerade in den Ferien waren! Fränki hatte das »plus Trinkgeld« so betont, als würde er es persönlich als Prämie oben drauflegen. Dann zündete er sich eine seiner *Roth-Händle* an.

Mist, 7 Mark, das war wenig. Schlaksi hatte im *Schliekrog* 9 Mark 50 bekommen! Fränki war eindeutig ein Geizkragen. Wenn ich geraucht hätte, hätte ich mir jetzt auch eine angezündet, um zu zeigen, dass ich es mit ihm aufnahm. Stattdessen warf ich meine Haare zurück, fixierte ihn und sagte, nicht ohne zu lächeln:

»Okay, ich verstehe, weil ich keine Berufserfahrung habe. Aber nach einer Woche reden wir dann noch mal, ob es nicht auch 8 Mark sein könnten. Das kriegen alle, die ich kenne. Mindestens.«

Und Fränki widersprach mir nicht, vielleicht weil gerade der französische Koch aus der Küche nach vorn an den Tresen gekommen war, um sich eine Cola einzuschenken.

»Gut, dann morgen um zehn, und die Haare bitte hochbinden, ich will kein Haar von dir auf den Tellern sehen!«

»Alles klar, Fränki.«

Der Koch sah ziemlich gut aus, hatte aber mitten in seinem hübschen Gesicht eine ziemlich markante Nase. Er nickte mir zu und musterte mich mit seinen dunkelbraunen Augen von oben bis unten und wieder hoch, und ich hätte zu gern gewusst, was er dabei dachte, denn sein Blick flirrte. Der zweite Knopf seiner weißen Kochjacke war lose, keine Ahnung, warum mir das auffiel. Was man so hörte von all denen, die als Küchenhilfen gejobbt hatten, waren Köche kleine, cholerische Egomanen, die alle herumkommandierten und nur an Sex und Essen dachten. Aber der hier wirkte anders, für Höheres vorgesehen, und es war mir ein Rätsel, was diesen Typen in unsere kleine Stadt verschlagen hatte und warum er ausgerechnet Koch im *Kakadu* geworden war.

»Antoine, das ist Lika, sie fängt ab morgen bei uns an als Aushilfe im Service.«

»Salut«, sagte ich. Wozu hatte man sonst jahrelang einen Französischleistungskurs belegt?

Seit ein paar Wochen, so was sprach sich in Kappeln schnell herum, schmeckte das Essen im *Kakadu* um Klassen besser als zu Sabines Zeiten. Sie war vorher Köchin in einer Rehaklinik im Ostseebad *Damp 2000* gewesen, und das war das Problem. Fränki hatte Sabine feuern müssen, seine Gäste wollten ein herzhaftes Bauernfrühstück, goldbraune Bratkartoffeln und Pommes, einen frisch gebratenen Hering, wenn Saison war, und sie wollten Wiener Schnitzel und Jägerschnitzel, aber nicht die salzarme, lasche Krankenhausvariante mit Sättigungbeilagen wie Erbsen und Möhren aus der Dose. Nicht für Herzkranke, sondern mit Herzblut sollte das Essen zubereitet sein.

Nachdem ich schon ein paar Tage gearbeitet hatte, bekam ich mit, dass die Kündigung Sabine so zugesetzt haben musste, dass sie, seitdem arbeitslos, sich ab und zu bei gutem Wetter gemeinsam mit ihrer Mutter auf die Terrasse des *Kakadu* setzte, um unbedingt die tollen Gerichte des neuen Kochs zu probieren. Beide waren dick, auf die unförmige Art, und schienen die Verkörperung des Begriffs Sättigungsbeilage. Sabine saß dann mit schmalen Lippen da wie ein Restaurantkritiker und gab hinterher Fränki ausführlich ihre Meinung zu dem Gericht wieder. Dass da vielleicht etwas zu viel Alkohol an der Jägerschnitzelsoße sei und man auf der Karte davor warnen müsse, für alle trockenen Alkoholiker, und es sei ziemlich viel Knoblauch an der Salatsoße. Oh ja, entgegnete Fränki genervt, da müsse man auf der Karte alle frisch Verliebten warnen! Fränki kriegte die Krise, wenn Sabine mit Muttern auftauchte, aber ihr schien es eine geradezu diebische Freude zu bereiten, sich auf diese Weise an ihrem ehemaligen Chef zu rächen.

Ich bekam zudem mit, dass Antoine sich nie ans Budget hielt. Für ihn begann gutes Essen beim Einkauf, deswegen gab es öfter mal Zoff zwischen ihm und Fränki. Antoine regte sich dann auf Französisch über die kulturlose deutsche Küche auf und dass er so nicht arbeiten könne. Biggi musste in dem Fall vermitteln, wie so oft, weil sie mit Menschen konnte wie niemand sonst. Wenn nachts nur noch ein paar verstreute Seelen stammelnd vor einem Getränk saßen, zu betrunken, um zu trinken, und es keine Umsätze mehr brachte, dann war es an Biggi, die Verbliebenen charmant nach draußen zu komplimentieren, darin war sie eine Wucht. Sie fasste manche Gäste unter wie jemanden, der einen gebrochenen Fuß hatte, und begleitete sie zur Tür, dabei hielt sie mit ihrer tiefen, rauchigen Stimme pädagogische Ansprachen. »Ja, auch die liebe Biggi muss mal Heia machen, denn morgen ist wieder ein Tag, und wenn du jetzt gleich im Bett liegst und schläfst, dann muss ich hier noch putzen und die Kasse machen, und ich werde noch lange nicht im Bett liegen und schlafen. Frühestens in zwei Stunden, alles klar?«

Biggi war es auch, die über den *Kakadu* eines Nachts zu Fränki und mir beim Absacker sagte: »Wir sind keine Kneipe, wir sind ein Fundbüro für verlorene Seelen.«

Biggi hieß eigentlich Birgit Lassen, war vierzig, klein, etwas drall, hatte zur Arbeit gern eine leicht durchsichtige und von daher nicht unbedingt anständige weiße

Rüschenkragenbluse an, die den BH durchscheinen ließ. Den Kragen trug sie offen, sodass die Rüschen sich nicht am Hals aufstellten, sondern auf Biggis Schultern lagen und vorne etwas Dekolletee zu sehen war und ein Goldkettchen mit einem Widder daran, ihrem Sternzeichen. Ihre dunklen dauergewellten Haare reichten ihr bis zur Schulter, und man wünschte den Haaren dringend mal eine Kur, eine Pause zur Erholung von all der Chemie, sie wirkten ganz ausgelaugt. Biggis fahle Haut konnte auch eine Schicht Puder im Gesicht nicht verdecken, sie sagte mal zu mir: »Beneidenswert, wie rosig deine Haut ist.«

Mit Highlighter und hellblauem Lidschatten betonte Biggi ihre wunderschönen grünblauen Augen. Es war aber vor allem ihr Blick, der einen für sie einnahm. Hellwach, mitfühlend, Biggi war jemand, der anderen mitten ins Herz sah.

»Ich mochte deine Mama sehr, sie war eine ganz tolle Frau«, sagte sie eines Nachmittags zu mir, als nicht viel los war. Sie hielt kurz inne, als fiele ihr etwas ein, dabei zog sie an ihrer *Ernte 23* und stieß dann lediglich einen Rauchkringel aus, nicht den Gedanken. Biggi war mit Mama ein paar Jahre vormittags im selben Gymnastikkurs bei Renate gewesen, und Mama wiederum hatte nicht selten von der Gymnastik einen neuen Witz von Biggi mitgebracht, den diese in der Umkleide erzählt hatte.

»Und meist war sie so strahlend«, fügte Biggi nachdenklich hinzu.

Irgendwie hatte ich das Gefühl, dass die liebe Biggi noch etwas zu meiner Mutter sagen wollte, es sich dann aber anders überlegte. Sie war auch damals zur Beerdigung gekommen. Nicht, dass ich sie da gesehen hätte, aber sie sagte es mir.

»War schlimm, für alle. Ich weiß noch, dass ich beim Trauergottesdienst auf den Gekreuzigten rechts an der Wand sah und dachte: ›Tja, so viele traurige Menschen hast du hier in der Kirche auch noch nie gesehen, was Jesus?‹ Ach, Schätzchen, hätte dieser Milchlaster nicht einen Gerichtsvollzieher auf dem Weg zur Arbeit erwischen können? Das Leben ist so ungerecht, Lika! Und der Tod erst recht.«

Biggi tätschelte dabei meinen Unterarm, und selten empfand ich die Berührung eines anderen Menschen so wahrhaftig und dadurch tröstlich.

Nach dem Tod meiner Mutter hatte ich gemerkt, dass die meisten dazu einfach nichts zu sagen wussten. Monatelang konnte ich nach dem Unfall studieren, wie wir gemieden wurden, weil viele einfach keine Ahnung hatten, was man in so einem Fall sagt oder tut. Ganz ehrlich? Nichts sagen, gemeinsam ein bisschen schweigen war völlig in Ordnung. Die Straßenseite wechseln nicht. Oder so was sagen wie: »Das Leben geht weiter.« Kein Satz war so banal und falsch zugleich, denn das Leben ging für uns nicht weiter. Das Leben hatte mittendrin gestoppt, und Papa, Lars und ich waren in unserem Schock wie ein angehaltenes Bild im Videorecorder. Wer zu Trauernden »Das Leben geht weiter« sagt, der hat wirklich nichts, aber auch rein gar nichts verstanden.

»Wie alt ist dein kleiner Bruder jetzt?«, fragte Biggi.

»Lars ist neun.«

»Und? Wie hat er das Ganze so verkraftet?«

»Geht so.«

»Wär' schön, dein Vadder findet vielleicht noch mal 'ne Frau, schon für den Jungen«, sagte Biggi und machte die Zigarette im Aschenbecher aus.

Ich selbst hatte auch schon daran gedacht und mich umgeguckt, war aber bisher in Kappeln noch nicht fündig geworden. Keine reichte an Mama heran.

Auch wenn Fränki der Besitzer des *Kakadu* war, Biggi war die Seele. Selbst wenn der Laden brummte, hatte sie immer noch ein nettes Wort für die Gäste, während sie an den Tischen Nachschub lieferte oder leere Gläser abräumte. Sie kannte die meisten, und auch für die, die sie nicht kannte, hatte sie einen Spruch parat. Alle mochten Biggi. Und Fränki war klar, dass sie für seinen Laden Gold wert war. Nur wenn Leute schnöselig und unfreundlich waren oder die Bierdeckel schredderten, konnte sie durchaus eine klare Ansage machen. Mich hatte sie auch schon mal freundlich ermahnt, als ich noch Gast war und vor lauter Wut auf Henner, von dem ich Anke gerade erzählte, einen Bierdeckel zerfetzte. Biggi schien nicht zu wissen, wie gut es tat, Pappe in kleine Stücke zu reißen.

Wenn es sich ergab, hörte ich Biggi gern zu, wie sie mit den Stammgästen sprach, die ihr alles Mögliche anvertrauten. Sie knüpften einfach da an, wo sie beim letzten Mal aufgehört hatten, wie alte Bekannte.

»Na, Peter, hast du inzwischen mal mit deinen Eltern geredet?«

»Oh, ne du. Das verkraften die nicht.«

»Wer weiß, vielleicht reagieren sie ganz anders, als du befürchtest.«

»Biggi, ich kenn meine Eltern und die Leute hier. Kein Mensch hat dafür Verständnis, die finden so was einfach nur pervers. Ich nehm noch ein Bier. Sag mal, hat Rost-Robert deinen Auspuff repariert?«

»Ja, hat er, für einen echt netten Preis.«

Biggi strahlte. Rost-Robert hieß eigentlich Robert Sörensen und reparierte schwarz Autos in seiner Scheune bei Loit. Alle, die wenig Geld hatten, gingen zu ihm.

Ich fragte mich, was das war, das Peter seinen Eltern nicht sagen konnte. Der Tresen hatte bei manchen die Funktion eines Beichtstuhls, die Schweigepflicht im Preis der Getränke inbegriffen. Es war offensichtlich, dass Alkohol die Zungen löste, manche laberten vor sich hin, egal ob ihnen jemand zuhörte, andere wurden aggressiv und legten sich mit allen an, wieder andere beschimpften Abwesende, die, wie sich manchmal herausstellte, schon lange auf dem Friedhof von Kappeln lagen, und manche wurden sehr vertrauensselig.

Fränki sagte einfach nur ab und zu »aha« oder machte »hmm«, das reichte den meisten als Ausdruck von Mitgefühl, während sie ihm Teile ihrer Lebensgeschichte erzählten. Was hatte sich dieser alte Tresen wohl schon alles anhören müssen? Mir fiel auf, dass sie viel von gescheiterten Ehen oder Beziehungen, fehlgeschlagenen beruflichen Unternehmungen redeten, von verpassten Gelegenheiten, den Momenten im Leben, in denen sie falsch abgebogen waren. Es ging immer wieder um

Geld, um Liebe und um Streit in den Familien. Viel Wiederholung war dabei, mit kleinen Varianten, auch Widersprüche, und Fränki ließ es sich nicht nehmen, gelegentlich darauf hinzuweisen, vielleicht um zu zeigen, dass er sehr wohl zuhörte.

»Ulli, letztes Mal hast du noch gesagt, dass du sie wirklich geliebt hast, jetzt ist sie auf einmal eine Schlampe!«

»Ja, Fränki, ich habe sie auch wirklich geliebt, die Schlampe!«

Nach zwei Wochen im *Kakadu* vertrat ich an einem frühen Dienstagabend Fränki das erste Mal am Tresen, und Peter saß mir auf einem Barhocker gegenüber, nur die Theke zwischen uns. Peter war stämmig und hatte sehr muskulöse Arme. Ich schätzte ihn auf Mitte dreißig. Er arbeitete im Straßenbau, und ich hatte mal gesehen, wie er den heißen Asphalt in der Gartenstraße glatt strich. Nach der Arbeit ging er zu Hause duschen und kam dann nach Shampoo duftend fast täglich gegen sechs in den *Kakadu,* immer an den Tresen. Der *Kakadu* war sein Wohnzimmer, offensichtlich fühlte er sich zu Hause nicht wohl. Er war Junggeselle und wohnte noch bei seinen Eltern, in einer Kellerwohnung. Das hatte Biggi mir mal erzählt. »Er muss keine Miete zahlen, und so lässt er seinen Lohn dann eben hier bei uns, der liebe Peter.« Er trug eine Vokuhila-Miniplidauerwelle und kam nie ohne seine Herrenhandtasche, die er vor sich auf den Tresen legte. Da waren seine Kippen drin, sein Portemonnaie und ein spezieller Kamm für seine Dauerwelle, eine Art Miniaturmistforke, die er immer wieder hervorzog und sich damit geradezu fröhlich durch seine Mähne fuhr, als liebte er Kämmen.

Peter guckte auf meine Haare, die ich mir für den *Kakadu* seitlich mit Klammern hochsteckte und hinten offenließ.

»Was für tolle Locken du hast. Ist das Natur?«

Ich nickte.

Peter sah mich an, aber es hatte nichts von dem sonstigen Angegucktwerden, es war ganz anders. Wehmut lag in seinem Blick, als beneidete er mich um etwas, das über meine Locken hinausging. Er saß vor seinem dritten Bier mit Schnaps, und ich war völlig überfordert, als ihm Tränen in die Augen traten. Zum Glück war gerade sonst niemand an der Bar. Gegen tropfendes Bier half die Papiermanschette, aber bei Tränen der Gäste wurde es schwieriger. Peter kramte schnell ein Stofftaschentuch aus seiner Hosentasche, verschämt wischte er sich seine Tränen weg.

»Du bist so schön, und du hast das Leben noch vor dir«, sagte er.

Ich lächelte, wie immer, wenn ich verlegen war; dass ein Kraftprotz von einem Mann so weich wurde, irritierte mich zutiefst.

»Ich wünschte, ich könnte noch mal ganz von vorn anfangen, am besten im Mutterleib«, fuhr er fort.

Ich hatte keine Ahnung, was ich darauf sagen sollte. Peter wirkte auf einmal so tieftraurig und im wahrsten Sinne untröstlich. Zum Glück kam Biggi gerade und stellte ein Tablett mit leeren Gläsern vor mir auf dem Tresen ab.

»Sieben Flens, bitte!«

Ich begann mit dem Zapfen. Ich liebte es. Leider kam ich viel zu selten dazu, der Tresen war ja Fränkis Revier. Während ich das Bierglas leicht schräg hielt, ließ ich den ersten Schwung aus dem Fass hineinlaufen.

Biggi zündete sich eine von ihren Zigaretten an, die immer am Tresen lagen.

»Na, Peter, heute schlecht drauf?«

Er nickte, und sie legte den Arm um seine Schultern und zog ihn etwas an sich.

»Ja, dieser ewige Sonnenschein und die Dallas-Sommerpause schlägt uns allen aufs Gemüt«, frotzelte sie. Normalerweise hatte Biggi dienstags immer ihren freien Abend, denn der Dienstag war heilig. Gemeinsam mit ein paar Freunden guckte sie Dallas. Sie machten dann eine Flasche Whisky auf und immer, wenn JR sich einen einschenkte, tranken sie auch einen. Ich hatte schon von diesen Dallas-Partys gehört, hielt sie aber für eine Legende, bis ich Biggi kennenlernte. Es beschäftigte sie stark, was bei den Ewings auf der Ranch wieder passiert war, und sie tauschte sich am Mittwoch immer mit anderen darüber aus, auch gern mit Peter, der die Folgen nie verpasste.

»Ich vermisse Pamela«, sagte Peter zu Biggi und dann an mich gewandt: »So, ich soll mal sehen und zahlen meinen Deckel.«

Er gab mir großzügige 2 Mark Trinkgeld.

Wenn nichts mehr los war, schickte Fränki mich um neun Uhr nach Hause, aber wenn der Laden brummte, vor allem am Freitag- und Samstagabend, musste ich natürlich auch bis zum Schluss bleiben. Gegen halb zwei, zwei wurden alle rausgeschmissen, und nachdem Fränki hinter dem letzten Gast die Tür abgeschlossen hatte, passierte etwas Wunderbares. Der *Kakadu* gehörte nun uns. Fränki, Biggi und mir. Die Aufräumkassette wurde eingeworfen, zuerst kam »Copacabana«.

Her name was Lola, she was a showgirl
With yellow feathers in her hair

Fränki drehte auf, und ich stellte amüsiert fest, dass Biggi und Fränki an der Stelle »at the copa, copacabana« immer laut »at the Kakadu, Kappeln-cabana, the hottest spot north of Havana« sangen. Sie quetschten den Kakadu auf das zweisilbige Copa, in dem sie die erste Silbe betonten, und ich machte schon bald mit, und es war, als hätte Barry Manilow es nie anders gesungen. Wir stellten die Stühle hoch auf die zuvor abgewischten Tische, leerten die Aschenbecher und spülten sie alle ab, Fränki wusch die restlichen Gläser und trocknete sie sorgfältig ab. Wir fegten den Boden und wischten ihn, Fränki polierte Zapfmaschine und Spüle. Wir sangen laut mit, auch bei den folgenden Liedern aus der »Rocky Horror Picture Show« oder von *Queen* »We are the Champions«. Es kam mir dann selbst verrückt vor, dass ich mitten in der Stadt, in der ich aufgewachsen war, mitten in der Nacht, nahe der Kirche und des Hafens, mit diesen beiden Menschen, die ich Wochen zuvor nur vom Sehen gekannt hatte, jetzt wie eine kleine verschworene Gemeinschaft eine Aufräumparty feierte.

Nichts verband uns drei so sehr wie diese nächtlichen Putzaktionen. Jeder hatte in der Choreografie seinen

Part. Wenn die Kassette mal eierte und es einen Bandsalat gab, dann war es Biggi, die an die Stereoanlage ging, die Kassette vorsichtig herausholte und mit einem Bleistift und einem »So, dann wollen wir mal sehen und kriegen das in Ordnung!« wieder aufspulte. Sie machte das mit einer so fingerfertigen Routine, dass ich sie im Spaß »Professor Dr. Lassen« nannte, worauf sie entgegnete: »Wenn man nur den Bandsalat im eigenen Leben auch so einfach wieder entwirren könnte!«

Abgesehen von diesen kleinen Unterbrechungen taten wir einträchtig das, was am Ende des Abends im *Kakadu* anstand, auch das Putzen der Toiletten, mal Fränki, mal Biggi, mal ich, weil es niemandem zuzumuten war, das jede Nacht zu machen. Vor allem das Männerklo war ekelhaft, sie pinkelten daneben, und es stank widerlich, nach Urin und Klostein. Wenn ich dran war, es zu putzen, fragte ich mich jedes Mal, wie hoch der Stundenlohn hierfür sein müsste, und landete bei mindestens 25 Mark.

Ich hatte im Frühjahr für wenige Wochen einen solchen, sensationell gut bezahlten Job gehabt! Für 50 Mark sollten mein Kumpel Dirk Mahnke und ich die Zahnarztpraxis seines Vaters putzen, am Samstagmittag nach der Sprechstunde. Wenn man es nicht allzu genau nahm, war man schnell durch, in eineinhalb Stunden zu zweit. Es gehörte zudem zu unseren Aufgaben, eine Ansage auf den Anrufbeantworter zu sprechen, welcher Zahnarzt an dem Wochenende Notdienst hatte. Ich sprach dies zwar zunächst aufs Band, konnte es mir dann aber nicht verkneifen hinzuzufügen: »Und noch ein Hinweis in eigener Sache: Nächste Woche sind bei uns in der Praxis Dr. Mahnke Goldzähne im Sonderangebot!«

Als das aufflog, waren wir den Job sofort wieder los. Dirk war sauer auf mich und zitierte seinen Vater, man solle keine Mädchen einstellen, die was mit Theater machen wollten.

Wenn wir mit dem Putzen im *Kakadu* fertig waren, machten wir, ohne Musik, die Kasse. Fränki rechnete die Bons zusammen, und ich gab ihm den entsprechenden Betrag aus dem mir gestellten, großen schwarzen Portemonnaie. Der Rest war Trinkgeld, 20, 30 Mark waren es immer, mindestens. Fränki zahlte mir meinen Lohn, er war tatsächlich nach einer Woche auf 8 Mark die Stunde hochgegangen. Vermutlich hatte sich Biggi für mich eingesetzt.

Ich stieg auf mein Fahrrad und fuhr zurück nach Hause, immer noch das Lied »Copacabana« im Ohr, manchmal auch noch laut singend.

At the Kakadu, Kappeln-cabana – the hottest spot north of Havana.

Ich sah wieder das Gesicht von Biggi vor mir, wie sie mit dem Handfeger als Mikro laut den Schluss mitsang.

Don't fall in love.

Nichts war weiter entfernt von unserer kleinen Stadt als die Copacabana, und wir waren verdammt weit nördlich von Havanna.

2.

Die Känguruh-Siedlung

In Kappeln gab es keine langen Wege, ich sauste mit dem Rad durch die Einkaufsstraße, vorbei an der Bücherei und der Adler-Apotheke, dann die Flensburger Straße entlang, über die große Kreuzung an der Bundesstraße, bald darauf bog ich ab. Unser Haus gehörte zu einer Neubausiedlung im Ortsteil Mehlby, von den hier bereits vorher lebenden Ureinwohnern wurde sie »Känguruh-Siedlung« genannt. »Nichts im Beutel, aber große Sprünge machen.« Ein Körnchen Wahrheit steckte darin, denn nicht selten hatten sich die Besitzer der Häuser beim Bau übernommen und mussten wieder verkaufen, sobald etwas Unerwartetes in ihr Leben trat.

Es war dunkel, und die Autos standen in Garagen oder »Carports«, die die Baufirma der schlüsselfertigen Häuser einigen Bauherrn hatte andrehen können, auch meinen Eltern. Die Bürgersteige waren menschenleer, nur die Zweitwagen, meist Golfs, parkten hier. Um diese Zeit ging keiner mehr mit dem Hund, es roch nach Hafer und Weizen von den Feldern und nach frisch gemähtem Gras, und alle Fenster waren dunkel. In der Siedlung schliefen die Menschen nachts um drei, müde vom Rasenmähen und Unkrautjäten, vom Abstechen der Rasenkanten und dem Streichen der Zäune mit Holzschutzfarbe, von Tennisturnieren oder Segeltörns, von Grillabenden, die aber spätestens um elf Uhr endeten.

Ich mochte unsere kleine Neubausiedlung mit ihren drei Straßen, den Fahnenmasten im Garten; die Leute waren freundlich, und alle grüßten sich immer, als wären wir – Menschen, die ein Haus gebaut hatten und hierhergezogen waren – eine Art Gemeinschaft. Es wohnten viele Lehrer und höhere Ränge der Bundeswehr hier, Angestellte der Stadtverwaltung, ein paar Ärzte und Rechtsanwälte. Die Ehefrauen arbeiteten höchstens halbtags, und die Kinder aus der Känguruh-Siedlung mussten alle aufs Gymnasium und Tennis lernen, egal, ob sie begabt waren oder nicht.

Wir waren vor gut vier Jahren hergezogen, Mama hatte auf ein Haus mit Garten gedrungen, wollte endlich einmal in ihrem Leben selbst Gemüse anpflanzen, und dann war alles ganz anders gekommen. Mamas Beete hatte nun Papa übernommen, und manchmal behauptete er, dass er unserer Mutter am nächsten sei, wenn er die Schnecken mit der Hand von den Salaten klaube. Mama war gegen Schneckenkorn gewesen, seit sie mitbekommen hatte, wie qualvoll die Tiere starben.

Leise schloss ich die Haustür auf, hängte meine Jacke im Flur an die Garderobe und ging auf Zehenspitzen ins Esszimmer, da Papas Schlafzimmer nebenan war. Auf dem Esstisch lag noch mein Zettel, den ich nachmittags geschrieben hatte.

Lieber Papa und lieber Lars, bin zur Arbeit und es kann spät werden. Bitte lasst mich morgen ausschlafen!!!!
Eure Lika

Ich hatte zwei Herzen dazu gemalt. Darunter stand in Papas Handschrift:

Gute Nacht, Liebes! Es freuen sich morgen auf eine ausgeschlafene Lika zwei frische Brötchen, Lars und dein Papa.

Meine Mutter hatte uns immer solche Zettel geschrieben, wenn sie das Haus verließ, und da sie oft unterwegs war, gab es viele solcher Zettel. Ich bereute es, sie nicht alle aufgehoben zu haben, aber welches Kind kann denn ahnen, dass so was passiert. Mamas letzter Zettel, den sie an jenem 17. Oktober für uns geschrieben hatte, lag in meinem Schatzkästchen. Wenn Lars groß war, würde ich ihn ihm zeigen. Den Text konnte ich auswendig, er war ja nur kurz. Und ich hatte ihn nach Mamas Tod immer wieder betrachtet und konnte nicht fassen, dass das ihre letzten Worte sein sollten.

Ihr Lieben,
fahre nach der Anti-Apartheids-AG noch zum Gärtner nach Gelting, Abendbrot gibt es gegen sechs. Hab euch lieb, ihr Halbschattengewächse und mein ungezügeltes Unkraut!
Eure Mami-Gärtnerin

Das Auto war voller Tulpenzwiebeln von der Gärtnerei Thomsen, als Mama auf dem Rückweg an einer Kreuzung hinter Gelting einem Milchlaster die Vorfahrt nahm. Mama fuhr immer zu schnell, weil sie meist in Eile war, und sie war auch nicht die beste Autofahrerin, manchmal etwas zerstreut. Vermutlich wollte sie uns mit dem Abendbrot nicht noch länger warten lassen und drückte deswegen auf die Tube.

Sie war sofort tot, und die Tulpenzwiebeln lagen verstreut auf der Bundesstraße, wie Papa mir später erzählte. Er sammelte sie ein, weil er der Meinung war, dass Mama das unbedingt gewollt hätte, und er pflanzte sie auch ein am Tag nach dem Unfall. Ich sah ihn zufällig von oben aus meinem Zimmer, wie er gebückt im Nieselregen unten im Garten die Tulpenzwiebeln in die Herbsterde setzte, so unbeholfen. Zwischendurch wischte er sich mit dem Ärmel seiner Holzfällerjacke immer wieder Tränen weg. Es war das Traurigste, was ich bis dahin in meinem Leben gesehen hatte.

Mama wiederum hätte sicher gesagt: »Die Natur braucht dringend etwas Regen!«, denn es hatte längere Zeit keine Niederschläge gegeben, und an Mamas Todestag war es auch noch sonnig und schön, ein goldener Oktobertag, der uns verhöhnte. In mein Regentagebuch schrieb ich:

18. Oktober 1979: Nieselregen am Tag nach dem Tod von Mama, als weinte auch der Himmel über den so plötzlichen Verlust von Christiane Brodersen, geborene Hansen, meiner geliebten Mutter und der

Erfinderin dieses Regentagebuchs. Ich bin so unendlich traurig, und nichts anderes als bedeckter Himmel und Regen passen zu meiner Stimmung! Ich kann es immer noch nicht fassen, dass Mama tot ist und niiiieeee wieder kommt!!! Ich hoffe jeden Moment, ihren Renault in der Auffahrt zu hören und dass sie die Haustür aufschließt. Papa pflanzt unten im Garten Mamas Tulpenzwiebeln, allein das bringt mich wieder zum Heulen.

Begonnen hatte es mit dem Regentagebuch in den verregneten Sommerferien des Jahres 1975. Ich war elf und fühlte mich so ausgebremst, man konnte nicht an den Strand und kaum draußen sein. Alle Uhren im Haus hatten sich gegen mich verbündet, ihre Zeiger schienen sich überhaupt nicht vorwärtszubewegen, und so langweilte ich mich von Minute zu Minute, Stunde um Stunde, weil auch viele Freundinnen verreist waren und mein kleiner Bruder, damals ein Jahr alt, zwar süß war, aber nur ein unzureichender Zeitvertreib. Während wir gerade »Mensch ärgere dich nicht« spielten, beschwerte ich mich bei Mama über den ständigen Regen bei uns hier oben, darüber, dass sie und Papa mich ausgerechnet hier in die Welt gesetzt hatten.

Am nächsten Tag schenkte sie mir dann ein dickes gebundenes, mit Regenschirmen verziertes Büchlein, auf dem obendrauf in Mamas schönster Schrift stand: *Likas Regenbuch*. Darin sollte ich die verschiedenen Arten von Regen, die es so gab, beschreiben und auch alle Gefühle, die damit verbunden waren. Im wahrsten Sinne ein Regentagebuch, welche Art Regen gab es bei dem und dem Ereignis. Vorne hatte Mama mir eine Widmung reingeschrieben.

Liebe den Regen! Denn wenn du es nicht tust, regnet es trotzdem.
Für meine geliebte, regenmüde Tochter Angelika
Deine Mama

Ich wurde also zu einer Regenforscherin, und Mama unterstützte mich dabei.

»Lika, findest du auch, dass das heute ein Egal-Regen ist?« Ich musste dann lächeln und nickte. Egal-Regen war ein Regen, den man zwar registrierte, aber der einen in dem, was man vorhatte, nicht weiter beeinträchtigte. Im Gegensatz zu »Regen als Gefängnis« oder »Spaßverderber-Regen«.

Das Regentagebuch war eine Mischung aus Meteorologie und Biografie eines unbedeutenden Mädchens aus einer unbedeutenden norddeutschen Kleinstadt, am Ende der Welt, wo der liebe Gott so gern seine Wolken abregnen ließ. Ja, wir hier bei uns waren alle Regenexperten, aber meine Mutter hatte dem eine ganz eigene Wendung gegeben, und ich war ihr zutiefst dankbar. Vermutlich liebte ich mein Regentagebuch auch deswegen so sehr, weil es eine von Mamas guten Ideen war. Wir gaben dem ewigen Regen bei uns hier oben damit eine neue Bedeutung. Meine Mutter hatte mich vom Regenopfer zu einer Person gemacht, die dem Regen überlegen war, ihn studierte, betrachtete, ihm etwas abgewann.

Ich führte das Buch auch nach Mamas Tod fort. Meine Regensammlung umfasste inzwischen 49 verschiedene Arten von Regen. Je älter ich wurde, desto mehr standen da jetzt auch Dinge wie »Küssen bei Nieselregen«, »Liebeskummer-Regen« oder »Schlussmach-Graupelschauer« – alle auf Henner zurückzuführen.

Der tödliche Unfall war damals natürlich *das* Thema in Kappeln, und zur Beerdigung kamen sehr viele, einfach, weil Mama als Musiklehrerin viele Familien kannte, aber auch weil sie so beliebt war und im Chor sang und sich im Elternbeirat und überall sonst noch engagierte, wo sie gebraucht wurde. Mich nervte das manchmal, dass Mama bei keinem Ehrenamt Nein sagen konnte. Zur Beerdigung sang Mamas Chor, allerdings musste die Hälfte mittendrin weinen, und es war ein Kraftakt für alle, das sah man ihnen an. Papa dankte ihnen hinterher mit tränenerstickter Stimme und sagte, dass Christiane das bestimmt besonders gefreut hätte.

Meine Mutter heißt, hieß Christiane. Der Name passte so gut zu ihr wie zu keiner anderen Christiane auf der Welt. Mit einer Christiane verband ich eine aufrichtige und humorvolle Frau, keine Zicke, eine Frau, die lange Haare hatte und sich diese nie färbte, die sich nicht schminkte; eine natürliche Schönheit, das war meine Mutter. Sie hatte eine wunderbare Stimme und las uns vor dem Einschlafen immer etwas vor, sofern sie nicht zu einer ihrer abendlichen Aktivitäten musste. Selbst als ich aus dem Alter eigentlich schon längst heraus war, liebte ich es, abends mit zuzuhören, wenn sie meinem Bruder vorlas, der zehneinhalb Jahre nach mir gekommen war. »Dadurch habe ich nie den Kontakt zu meiner Freundin Pippi Langstrumpf verloren«, sagte Mama immer mit einem breiten Grinsen.

Ich putzte mir im Bad die Zähne und zog mir dort mein Riesenschlabberlieblingschlafshirt an. Dann legte ich mich zu Lars ins Bett, mein kleiner Bruder roch so gut nach Niveacreme, Sesamstraße und Unschuld, nichts war beruhigender. Mit seinen flachsblonden Haaren und dem süßen frechen Wirbel über dem schmalen Gesicht erinnerte er mich immer an den kleinen Prinzen von Saint-Exupéry. Im Halbschlaf flüsterte er: »Lika?«, lächelte dabei, und mir ging das Herz über.

Als Lars klein war, konnte er meinen Namen nicht richtig aussprechen und sagte immer nur Lika statt Angelika. Und dabei blieb es. Seit meinem 13. Lebensjahr hat mich kaum jemand mehr Angelika genannt, außer manche Lehrer.

»Du riechst nach Zigaretten«, murmelte Lars.

Ich gab ihm einen Kuss auf seinen Haarwirbel und stand wieder auf, machte die kleine Nachttischlampe aus, die er beim Einschlafen anließ, wenn ich nicht da war. Dann ging ich rüber in mein Zimmer.

Ich öffnete das Fenster ganz weit und schlüpfte unter die Decke. Der Duft von Hafer legte sich ungefragt zu mir. Er roch so gut, wenn er reif war.

Der Unfall meiner Mutter war bald vier Jahre her, und wir waren einigermaßen über das Schlimmste hinweg.

Lars war fünf, als Mama starb, ich gerade sechzehn geworden. Eine große Schwester kann keine Mutter ersetzen, aber ich hatte mir verdammt Mühe gegeben und tat es immer noch, und seit ich wusste, dass ich Kappeln in ein paar Monaten verlassen würde, nahm ich Lars ab und zu auch mal wieder zu mir ins Bett. Dann bildete ich mir jedes Mal ein, dass Mama vom Himmel auf uns herabsah und sich freute.

Ich konnte mir meine Mutter nicht als Engel auf einer Wolke vorstellen, aber dass sie von da oben auf uns runterguckte, das glaubte ich ganz fest. Es gab da eine Art Verbindung zwischen meiner Mutter und mir, und wenn ich nicht weiterwusste, und das war in den letzten Jahren vor allem wegen der Jungs manchmal der Fall, dann schickte ich eine Frage gen Himmel und wartete auf Mamas Antwort. Die kam nicht immer postwendend, manchmal dauerte es ein paar Tage, aber dann kam immer etwas zurück. Ein Gedanke, der mich durchzuckte, eine Idee, ein Traum, eine Ahnung, das war so die Art, wie sich Mama bei mir meldete. Und sie lag, wie schon zu ihren Lebzeiten, meist richtig.

Mama war eine kluge Frau, doch wir hatten auch oft Zoff gehabt, und ich konnte ihre Ratschläge nicht annehmen, musste geradezu das Gegenteil machen von dem, was sie mir riet, und bereute es hinterher oft, aber auch das konnte ich ihr gegenüber dann nicht zugeben. Was Mama wohl zu meiner Studienwahl gesagt hätte? Im Frühjahr hatte ich abends im Bett den grünen Studienführer gewälzt und mich dann, weil es interessant klang, für Theaterwissenschaft entschieden. Von den vier möglichen Städten schien mir München am verlockendsten, auf Köln oder das ummauerte Berlin hatte ich keine Lust. Ich bewarb mich auch für einen Platz im Studentenwohnheim in München und hatte dazu einen Fragebogen ausfüllen müssen, was ich an Ideen einbringen wollte in die Gemeinschaft. Ich schlug vor, gemeinsam zu basteln und dann einen Wohltätigkeitsbasar zur Adventszeit zu veranstalten und das Geld für die Dritte Welt zu spenden. Als ich Schlaksi von meinem genialen Coup erzählte, grinste sie mich nur mit ihrem ziemlich süffisanten »Ach-Lika«-Ausdruck an.

Falls es mit einem Studienplatz in München nicht klappen sollte, bewarb ich mich noch zur Sicherheit in Erlangen. Die meisten aus meinem Abijahrgang planten, zum Studieren nach Kiel, maximal nach Hamburg zu gehen. Aber das war in meinen Augen kein Weggehen, hieß es doch, dass man am Wochenende nach Hause kam und mit denselben Leuten wie früher im *Kakadu* abhing oder in der *Lila Eule*, einer Kneipe mit Disco im Wald.

Ich wusste allerdings jetzt schon, dass ich die *Eule*, wie wir sie alle nur nannten, sehr vermissen würde. Sie war weit und breit das absolut angesagte Lokal, und zum Stolz aller kamen Leute aus Kiel und Flensburg, sogar von der Nordseeküste rüber, um in die *Lila Eule* in Kappeln zu gehen. Am Wochenende standen dort spätabends Schlangen am Einlass, wo auch der Personalausweis kontrolliert wurde, ob man schon sechzehn war. So klein unsere Stadt war und so weit ab wir vom Schuss lagen, die *Lila Eule* war legendär.

Besorgte konservative Eltern hielten sie für die Lasterhöhle schlechthin, wo Drogen konsumiert wurden, aber ich hatte dort noch nie einen Dealer gesehen. Ob draußen auf dem Parkplatz im Wald was vertickt oder konsumiert wurde, konnte ich nicht sagen, denn ich war natürlich drinnen, meist auf der Tanzfläche.

Eines war aber auffällig und auch nur deshalb, weil ich den Jungen mochte. Immer wenn Sven Johannsen kam und ich mich freute, ihn zu sehen, wir uns sehr nett und durchaus etwas flirtend begrüßten, dann verschwand er nach nur fünf Minuten wieder nach draußen und ward den ganzen Abend über nicht mehr gesehen. Es war klar, dass er sich mit seinen Kumpels traf und sie dann auf dem Parkplatz waren oder noch rumfuhren, aber ich hatte insgesamt von Drogen nicht viel Ahnung, trank auch kaum Alkohol, höchstens mal einen *Irish Cream*. Ich ahnte nur, dass für Sven irgendetwas anderes wichtiger war als ich, und das kränkte mich jedes Mal aufs Neue.

Sven war einer der Jungen in Kappeln, den ich schon länger interessant fand, aber irgendwie kamen wir nie richtig zusammen. Kein Wunder, wenn er immer nur auf eine Stippvisite in der *Eule* vorbeikam, andererseits machte ihn gerade dieses Flüchtige auch interessant.

Mit diesen Gedanken schlief ich schließlich ein.

3.

Die Sirene

Ein Klock-Klock und Stimmen im Garten weckten mich, der Wecker zeigte zehn nach elf. Mir fielen noch letzte Fetzen meines schrägen Traums ein. Ich wollte dem Koch im *Kakadu*, Antoine, den zweiten Knopf annähen an seiner Kochjacke, aber er war gerade schwer beschäftigt mit Pfannkuchen backen und konnte sie daher nicht ausziehen. So musste ich den Knopf am Körper annähen, bemüht, ihm nicht wehzutun. Er hatte nebenbei mit einer Hand einen Pfannkuchen in der Luft gewendet, und ich folgte beim Nähen all seinen Bewegungen, ein aussichtsloses Unterfangen.

Ich stand auf und ging ans immer noch offene Fenster, unter mir spielten mein Vater und Lars Krocket. Es roch nach trockenem Rasen, und die Sonne blendete. Das weiße T-Shirt meines Vaters und das orangefarbene von Lars leuchteten. Die beiden sahen aus wie die letzten Bewohner eines grasbewachsenen Planeten, die sich über den Parcours gebeugt mit den ihnen eigenen Ritualen verständigten, ein Holzball, Krocketschläger, die kleinen gebogenen Tore. Ich blickte auf Papas Haare von oben, sie waren schütter geworden seit Mamas Tod, und Lars, kaum größer als sein Krocketschläger, wirkte wie eine halbe Portion. Bald würde ich die beiden auf ihrem Planeten zurücklassen.

In dem Moment blickte Lars hoch, und ich winkte ihm zu, er strahlte, winkte zurück und schien begeistert, dass ich endlich aufgestanden und wieder Teil der Familie war. Mein kleiner Bruder war mein größter Fan, und niemand liebte mich, abgesehen von Papa, so sehr wie er, und das galt auch umgekehrt. War ich grausam, dass ich im fernen Bayern Theaterwissenschaften studieren wollte und ihn hier zurückließ?

Papa sah jetzt auch hoch, ein Lächeln im Gesicht, und ich rief »Moin!«, und räkelte mich. »Ich komm runter.«

Kurz darauf saß ich, zwar geduscht, aber immer noch im Schlabbershirt, auf der Terrasse vor meinem Becher Kaffee und zwei Brötchen, die ich mir in der Küche bereits geschmiert hatte. Papa hatte mir von *Bäckerei Tange* Kieler mitgebracht, meine Lieblingsbrötchen. Er und Lars setzten sich zu mir und leisteten mir, zusammen mit ein paar Wespen, Gesellschaft. Nebenan schmiss unser Nachbar Herr Thomsen seinen neuen Rasenmäher an, und der Geruch von Benzin zog rüber.

Wenn wir auf der Terrasse um den runden Tisch saßen, den unsere Mutter noch ausgesucht hatte in jenem ersten Sommer hier im neuen Haus, dann blieb der vierte Gartenstuhl, ihr Stammplatz vor den Rosenbeeten, leer. Wir legten aber immer ein Sitzpolster mit darauf, wie ein Geistergedeck. Ohne unsere abwesend-anwesende Mama wären wir jetzt nicht in diesem Haus mit Garten und Terrasse, und wir fanden, das waren wir ihr schuldig. Ich hatte mich durchaus schon gefragt, ob wir diesbezüglich eine Macke hatten, aber dann entschieden, dass wir etwas taten, was sich für uns ganz normal anfühlte. Mama war nicht verschwunden aus unserem Leben, sie war noch da, nicht nur als gerahmtes Foto auf dem Kaminsims, unsere Mama schwang immer noch in allem und über allem mit, vor allem aber, wenn wir im Garten waren.

Es hatte uns im Winter 79 viel Überwindung gekostet, den vollen Farbfilm abzugeben bei *Photo Porst* und noch mehr, ihn nach vierzehn Tagen wieder abzuholen. Wir wussten, dass sie auf den Fotos drauf war, selten hatte Papa so viel fotografiert wie zwischen Frühjahr und Sommer 79, in diesen ersten Monaten im neuen Haus mit neuem Garten. Der orangefarbene Umschlag lag ungeöffnet im Esszimmer auf dem Tisch, Papa und ich hatten davorgesessen und ihn angestarrt. Lars war nicht da, ihm wollten wir diese Bilder erst mal nicht zumuten, sie würden seine Wunde nur wieder aufreißen. Es war Dezember, und ein Adventskranz, den Oma uns geschenkt hatte, stand auf der Tischdecke, doch es war Mittag, und die Dezembersonne knallte ins Wohn- und Esszimmer, die ineinander übergingen. Vielleicht war es ein Samstag.

Ich sah noch genau den Gesichtsausdruck meines Vaters vor mir, wie er sich auf die Unterlippe biss, zögerte, dann griff er beherzt den Umschlag und öffnete die Lasche vorsichtig mit seinen langen Fingern. Es roch nach frischen Farbbildern. In einer Extratasche waren die Negative. Papa zog den Stapel mit den Fotos so heraus, dass er nicht drauffasste, und gleich das oberste Bild war sie, in Farbe, glänzend. Mama im Gartenstuhl vor den Rosen, leicht verschwitzt, aber sehr zufrieden, sie hatte vielleicht gerade in den Beeten Unkraut gejätet, wirkte völlig beseelt und glücklich, Mama in ihrem Paradies, von dem sie jahrelang geträumt hatte. Sie lächelte in die Kamera mit einer Liebe, die ihn, den Fotografen und Ehemann, uns, den Garten, das ganze Leben, alles, was nicht auf dem Bild zu sehen war, mit einschloss. Ein Hauch Diva war auch dabei, wie auf allen Fotos von Mama, die immer in eine besondere Spannung ging, sobald eine Kamera auf sie gerichtet war. Und nun lächelte sie, die doch auf dem Friedhof unweit der Kastanienallee lag, Papa und mich an diesem Dezembermorgen an, und uns beiden schossen die Tränen in die Augen.

Papa nahm das Foto und lächelte unter seinen Tränen, und weil er das obere weggenommen hatte, wurde das zweite Bild im Stapel sichtbar. Wieder Mama, dieses Mal leicht unscharf und ihr Gesicht unterm Strohhut verschattet, mit einem Kopfsalat, den sie auf der flachen Hand in die Kamera reckte. Wie stolz war sie auf ihre ersten Salate gewesen! Ich nahm das Foto in die Hand, und nun wurde das darunterliegende Bild frei, das Lars mit Mamas Strohhut zeigte, der ihr im Garten mit einer kleinen Plastikschaufel zur Hand ging. Alle anderen Bilder waren ganz normale Sommerbilder, die uns am Strand oder im Garten zeigten, Oma, Tante Gesine und Manfred zu Besuch, Freunde zu Besuch, alle wollten das neue Haus sehen und den Garten.

Alle wurden in jenem Sommer eingeladen, und allen

zeigte meine Mutter stolz ihre Beete und ihre Rosen. Die Früchte ihrer Arbeit. Was hatte sie sich in jenem ersten Frühjahr auf dieses Stückchen Erde gestürzt, als müsse sie sich, dem Herrgott und der ganzen Welt beweisen, dass es keine würdigere Gärtnerin gab, die dieses Grundstück verdient hatte und endlich ihrer Bestimmung nachkam, einen eigenen Garten anzulegen, ihn zu hegen und zu pflegen. Meine Mutter machte das, was sie tat, immer hundertprozentig, darin war sie mir fremd und manchmal auch etwas unheimlich. Oma hatte ihr einen Strohhut geschenkt für die Gartenarbeit, dazu trug Mama ein altes Oberhemd von Papa, vorne offen über der Jeanslatzhose. Laut Papa sah sie aus wie die schönste Vogelscheuche von ganz Angeln und die einzige, die mit den Hinterm wackeln konnte. Wenn Papa ihr solche Komplimente machte, dann erwiderte Mama es mit einem kecken, verschmitzten Grinsen, bei dem vor allem ihre blauen Augen ihn herausfordernd anblickten.

Mama hatte bei *Eisenjöns* in der Querstraße einen Spaten und eine Schubkarre gekauft, eine Harke und einen Rechen, ich hatte sie begleitet. Dabei wurde sie wieder mal von einem ehemaligen Verehrer aus ihrer Jugendzeit beraten, Hinnerk Hinrichsen. »Christiane, das hier ist der Benz unter den Schubkarren!«, sagte er in seinem norddeutschen Singsang oder: »Diesen Spaten hast du ein Leben lang!« Haha.

Sie waren alle gekommen zur Beerdigung, ich hatte sie entdeckt in der Trauergemeinde, Alfred von der *Obstbörse*, Hinnerk von *Eisenjöns*, Manfred, den Schlachter. Sie hatten mit meiner Mutter Tennis gespielt oder gegen sie, waren mit ihr oder gegen sie gerudert oder im Schulchor bei Fräulein Jensen mit ihr gewesen. Sie hatten in der Volksschule oder auf dem Gymnasium eine Schulbank hinter ihr gesessen und ihre blonden Zöpfe betrachten dürfen, sie hatten für sie geschwärmt und sich für sie ins Zeug gelegt, egal, ob beim Rudern, Tennis oder auf der Aschenbahn. Einer hatte sogar während des Gottesdienstes einen Handstand auf dem Geländer der zweiten Kirchenempore für sie gemacht, vergeblich, sie hatte sie alle nicht erhört, und nun lag sie tot in diesem Sarg, mit nur achtunddreißig Jahren. Sogar Hagen Blom, Mamas große Jugendliebe, der sie aber nicht heiraten wollte, war zur Beerdigung nach Kappeln gekommen. Und er hatte einen besonders teuren Kranz liefern lassen, der unter allen anderen auffiel. Auf der Schleife stand: »Ruhe in Frieden! Dein Schulfreund Hagen Blom«. Der, der sie nicht wollte, den wollte sie unbedingt, wie sie mir mal erzählte. Das war bevor sie dann meinen Vater kennenlernte.

Ich hatte meine Mutter eine Zeit lang immer wieder gebeten, mir zu erzählen, wie es bei ihr und Papa damals in Kiel, wo sie beide auf Lehramt studierten, angefangen hatte. Unser Papa, ein etwas schlaksiger, schüchterner Kommilitone, der zunächst gar nichts von ihr wissen wollte, dieser Mann, der sie nicht umschwärmte, erregte ihre Aufmerksamkeit und ihr Interesse. Mama hatte ihn in der Bibliothek angesprochen, er war ja viel zu schüchtern damals, wie sie sagte, und als sie sich dann näher kennenlernten, gefiel ihr dieser Stefan Brodersen aus Flensburg, der mit einem Stipendium studierte und lieber las, als abends mit Kumpels saufen zu gehen, viel besser als alle anderen. Mir hatte sie mal gesagt, dass Papa so eine große Ruhe ausstrahlte und schon viel erwachsener wirkte, was wohl daran lag, dass er es in seiner Kindheit nicht leicht hatte. Seine Mutter hatte ihn und seine Schwester als Kriegerwitwe allein durchbringen müssen. Und Mama gefiel genau das, dass er bereits etwas vom Leben gesehen hatte und wusste, worauf es ankam, dass er mit nichts, aber auch gar nicht angab und unglaublich bescheiden war, so bescheiden, dass er sich unsere Mutter, diese umschwärmte Christiane Hansen, niemals für sich selbst als Frau auserkoren hätte.

Genau aus all diesen Gründen habe sie sich in Papa verliebt und sofort gespürt, dass er der Richtige war. »Das spürst du dann einfach, Lika.«

Papa und ich, wir hatten uns an jenem Dezembermorgen auf das Foto von Mama im Gartenstuhl vor den Rosen geeinigt, es sollte gerahmt werden und auf dem Kaminsims stehen.

Das Wetter war schön, ein richtiger Sommertag, und die Wespen erfreuten sich am Honig auf meinem Kieler.

»Wollen wir gleich an die Ostsee fahren?«, fragte Papa, und Lars schrie sofort: »Jaa!«, sprang auf und hüpfte vor mir auf und ab.

»Lika m-m-muss m-mit, Lika m-muss mit!«

Papa und ich tauschten einen Blick, der nur einen Wimpernschlag dauerte, um Lars nicht zu beschämen, dann lächelte ich meinen Bruder an und strich ihm durch sein Haar.

»Ja, klar komm ich mit, aber erst mal in Ruhe zu Ende frühstücken.«

Lars machte einen seiner Halbe-Portion-Jubel-Hüpfer. Dann lief er ins Haus und kam kurz darauf zurück mit einer Schnorchelbrille und seiner Badehose, legte beides auf den Rasen vor uns hin, flitzte wieder los, brachte ein Handtuch und legte es dazu. So ging es weiter, er war richtig aus dem Häuschen. Niemand war so glücklich wie er, wenn wir mal etwas zu dritt machten.

Papa und ich blieben sitzen.

»Und wie ist die Arbeit im Kakadu? Sehr anstrengend?«

»Ach, nö.«

»Geht aber manchmal ganz schön lang.«

»Ja, dann müssen wir noch putzen und die Kasse machen, und danach trinken wir noch einen Absacker, um runterzukommen.«

Ich kam mir sehr erwachsen vor, als ich das mit dem Absacker erzählte.

Papa grinste. »So, so. Und was trinkt meine Tochter so als Absacker?«

»Einen Irish Cream.«

Dann erzählte ich noch von der Aufräumkassette und dem Putzen zur Musik, und Papa musste schmunzeln, als er das hörte. Er hatte so eine besondere Art, amüsiert zu gucken, lächelte vor allem mit den Augen. Dieselben Augen, die seit dem Tod meiner Mutter oft so traurig in die Welt blickten und dabei im Kontrast zu den Lachfältchen vielleicht umso trauriger wirkten.

Papa redete nicht viel über seine Gefühle, er machte

das mit sich aus. Welche Frau, fragte ich mich, wollte so einen Mann haben, der in seinem Herzen immer noch mit einer Toten verbunden war?

Die Sirene ging los, wie jeden Samstag pünktlich um zwölf. Und doch erschrak ich jedes Mal, wenn mitten am Tag und kurz vor dem Wochenende das Untergangsszenario geprobt wurde. Lars hielt sich mit den Händen die Ohren zu, und Papa tat so, als wäre nichts.

Es gab in Kappeln eine eigene Zeitrechnung. Noch wichtiger als »vor Christus« und »nach Christus« war: vor der Brücke und nach der Brücke. Unsere gute alte Drehbrücke über die Schlei, die Kappeln vor Ewigkeiten schon gebraucht aus Holland bekommen hatte, öffnete regelmäßig einmal pro Stunde, um die Schiffe Richtung Schleimünde oder Richtung Schleswig durchzulassen. Je nach Anzahl der Schiffe staute sich der Verkehr dann gewaltig, denn die Straße über die Brücke war für mindestens zwanzig Minuten, im Hochsommer auch länger, dicht. Und durch den Rückstau ging auch sonst nichts in der Stadt. Wir Einheimischen wussten das natürlich und richteten uns danach.

Nach der Brückenöffnung fuhren Papa, Lars und ich los in unserem Passat, wir hatten noch was zu trinken, Kekse, Äpfel, Sonnenmilch eingepackt, unseren Windschutz, die Luftmatratze und Schwimmflügel für Lars, der noch nicht ganz sicher schwamm. Ich hatte mir ein Midi-Sommerkleid von Mama angezogen, ein weißes Leinenkleid mit hellblauen Blockstreifen von *Mau und Andresen* in Flensburg, in das ich seit Neuestem reinpasste.

Papa lächelte wehmütig. »Wenn Mama dich so sehen könnte!«

Die meisten ihrer Kleider waren nicht wirklich mein Geschmack, aber dieses hier, mit den Seitenschlitzen, mochte ich, und der Stoff war herrlich an einem Sommertag. Es war kein reines Leinen, sondern ein Gemisch, und da das Kleid gerade geschnitten war, machte es schlank und ließ den Körper eher nur erahnen. Jedenfalls hatte ich schon großartige Reaktionen bemerkt, wenn ich in dem Kleid durch die Einkaufsstraße geschlendert war. Betonung auf Schlendern, denn mir war inzwischen aufgefallen, dass es der Gang einer Frau war, der die Männerblicke auf sich zog, und ich fragte mich, ob meine Mutter in diesem Kleid ähnliche Reaktionen erlebt hatte.

In der einen Tasche des Kleides hatte ich eingepackten Zucker gefunden von *Café Maas* in Flensburg und eine uralte Rechnung von 1973 über zwei Kännchen Kaffee, einen Cognac und zwei Stück Nusstorte. Nusstorte war Mamas Lieblingstorte, sie musste sie dort mit einer Freundin oder mit Oma Flensburg zusammen gegessen haben. Obwohl, Oma Flensburg hatte Zucker und durfte keine Torte essen. In der anderen Tasche des Kleides war eine zu einem Origami-Vogel gefaltete Fahrkarte, die aussah wie die für die Butterdampferfahrten nach Sonderburg. Dass Mama Origami konnte, hatte ich nicht gewusst. Basteln passte gar nicht zu ihr. Mir fiel wieder ein, dass Mama das Kleid einen Sommer lang sehr viel getragen hatte, es danach aber nur noch im Schrank hing. Die Taschenfundstücke kamen in mein

Schatzkästchen, und ich fand es herrlich, Mamas Kleid, in dem sie an einem Sommertag in Flensburg Nusstorte gegessen und an der Reling eines Butterdampfers gestanden hatte, zu tragen.

Papa wollte, dass ich nach meinem Führerschein in Übung blieb und Fahrpraxis bekam, daher ließ er mich meist ans Steuer. Er war froh, dass ich besonnen und nicht so hektisch wie Mama fuhr. Lars war immer sichtlich stolz auf mich, wenn ich am Lenkrad saß, und ich sah im Rückspiegel, dass er mich von hinten genau beobachtete beim Steuern und Schalten.

Die erste Fahrstunde würde ich nie vergessen. Mein Fahrlehrer holte mich in einem goldenen Jetta vor der Haustür ab, wie ein Verehrer. Er würde mich einführen in eine neue Welt, er würde mich etwas lehren, mit dem ich meinen Radius erweitern, Freiheit erfahren konnte; ich steuerte jetzt einen goldenen Jetta durch Kappeln. Einmal würgte ich den Motor ab, weil Jan Bigalke, der schönste Junge der Oberstufe und Schwarm aller Mädchen, gerade über den Zebrastreifen ging. Das war vielleicht peinlich, denn er kriegte es voll mit und grinste ziemlich breit rüber. Na, toll, dachte ich, wenigstens hat er dich jetzt mal wahrgenommen.

Auf NDR 2 lief »Vamos a la playa«. Egal, wann man in diesem Sommer das Radio einschaltete, immer kam dieses Lied. Ich sah im Rückspiegel, wie Lars gerade genüsslich einen seiner Popel in den Mund steckte und mitschunkelte, er liebte den Song.

Gleich hinter der Brücke bog ich links ab, der Weg durch die Wohnsiedlung, die zum Marinestützpunkt gehörte und in der die Soldatenfamilien lebten, war eine Abkürzung an den Strand, was natürlich auch nur wir Einheimischen wussten. Die Siedlung löste bei mir unangenehme Erinnerungen aus. Hierhin hatten wir vor einem Jahr von der Friedensgruppe aus mit unserem Pastor einen Marsch gemacht, ich war gemeinsam mit Henner mitgegangen. Mit Henner war ich in der 11. Klasse zusammengekommen, wir hatten uns in der *Eule* kennengelernt. Er kam aus Lübeck, wo er die Schule abgebrochen hatte, und lernte Segelmacher bei uns hier oben, in Grödersby, und wohnte in einer WG. Er war drei Jahre älter als ich.

Damals beim Friedensmarsch hatten wir uns alle mitten in der Siedlung auf einen kleinen Platz vor den Mietskasernen im Kreis an den Händen gefasst und »We shall overcome« gesungen. Henner stand links von mir und sang unheimlich laut mit, vor allem bei der Strophe »We shall live in peace« sang er noch lauter als unser Pastor, als wolle er mit seinem Gesang den Weltfrieden heraufbeschwören, zumindest aber auf seine Person hinweisen. Das irritierte mich zutiefst, und ich fand das dem Ernst der weltpolitischen Lage gegenüber nicht angemessen. Vielleicht wollte Henner aber auch nur dem blonden Neuzugang in der Friedensgruppe imponieren, einer Steffi, die uns gegenüberstand.

Der Friedensmarsch fand tagsüber statt, und die Soldaten waren daher gar nicht anwesend, sondern in der Kaserne. Die Soldatenfrauen und -kinder lugten verstohlen, irritiert und verschreckt hinter ihren Küchengardinen hervor, und niemand schien zu verstehen, was wir da taten und was das alles bedeutete. Und was wir ihnen vorwarfen. Und was das bitte schön mit ihnen zu tun hatte. Bei der großen Friedensdemo in Bonn hatten uns wenigstens noch ein paar wütende Opis am Straßenrand »Geht doch nach drüben!« und »Lieber tot als rot!« zugerufen. Doch an diesem Tag in Ellenberg wurde mir schlagartig klar, dass die Ehefrauen und Kinder der Soldaten nichts für den Wahnsinn des Wettrüstens, den Nato-Doppelbeschluss und die Stationierung der Pershing konnten, ja, nicht mal die abwesenden Soldaten konnten was dafür.

Ein kleiner Junge machte am Fenster Faxen und streckte uns seine Zunge raus. Vor allem die Strophe »We are not afraid« schien mir deplatziert, doch jetzt drehte Henner noch mehr auf, als kostete es wahnsinnig viel Zivilcourage und Mut, hier im Handkreis zu singen. Er platzte fast, und ich drückte mit meiner linken Hand seine rechte, aber er war einfach nicht zu bremsen. Ich sang zwar mit, doch selten hatte ich mich so fehl am Platze gefühlt. Wir wollten ein Zeichen setzen, für den Frieden, für eine Welt ohne Waffen, aber wir taten es an der falschen Stelle. Vor den Kinderzimmern und Küchenfenstern der Soldatenfamilien, wie wahnsinnig mutig, bescheuert und sinnlos war das denn?!

Jedes Mal, wenn ich durch die Soldatensiedlung fuhr, musste ich an diese Schmach und meinen viel zu laut singenden Ex denken.

Ich bog ab auf die Straße Richtung Weidefeld, gab Gas und fühlte mich großartig, als die Tachonadel mal gegen 100 km/h zeigte! Der metallicblaue Himmel über uns, vor Gut Olpenitz leuchtete linker Hand kurz die Schlei auf. Bald darauf ging es ab auf die Straße Richtung Strand. Irgendwann schien es, als spiegelte sich der Himmel, und Lars rief von hinten: »D-die Ostsee!« Als wäre es immer wieder ein Wunder, dass sie so da lag an einem heißen Sommertag und Abkühlung versprach. Ich hupte einmal laut zur Begrüßung, wie Mama es immer getan hatte.

4.

Französische Fischsuppe

Hatten die Menschen in Nordrhein-Westfalen Sommerferien, fielen sie in Scharen bei uns ein, und es wurde hier oben richtig voll. Wir Einheimischen nannten die Touristen »Sommerrussen«. War das Wetter schlecht und es regnete, stapften die Schietwetter-Bilderbuch-Touristen in Ölzeug und Gummistiefeln durch unsere Einkaufsstraße. Die Regenstreber schienen den Spruch »Es gibt kein schlechtes Wetter, sondern nur falsche Kleidung« etwas sehr genau zu nehmen. Keiner von uns Einheimischen wäre jemals so durch die Stadt gegangen, das war komplett unter unserer Würde. Lieber ließen wir uns nass regnen, als gelbes Ölzeug anzuziehen oder gar Gummistiefel.

Dieses Jahr kamen die Touristen aber trotz Superwetter in die Stadt zum Bummeln, das Einkaufen, ein Segen für die Kappler Geschäftsleute, gehörte einfach zum Urlaub dazu. Statt Ölzeug war jetzt insgesamt sehr viel nackte Haut zu sehen, bleiche oder sonnenverbrannte, Schwabbelarme unter Netzshirts. Seltsamerweise trugen immer die, die es sich eigentlich gar nicht leisten konnten, diese ärmellosen Muskelshirts aus Netzstoff, die ich vom ersten Tag an gehasst hatte.

Doch nun saß gerade eine äußerst sittsam angezogene Hamburger Touristenfamilie an einem der Tische auf der Terrasse vor dem *Kakadu*, alle trugen Poloshirts, die zwei Kinder welche von Benetton und die Eltern die von Lacoste. Die Mutter hatte Chanel aufgelegt, das erinnerte mich an meine Tante Gesine. Dass die Gäste aus Hamburg kamen, hörte man am Akzent. Kappeln war so klein, dass wir Fremde sofort identifizierten, ja, vielleicht war das die Definition für eine Kleinstadt schlechthin.

Ich freute mich jedenfalls schon sehr darauf, bald zum Studieren weit weg in eine größere Stadt zu ziehen, in der mich niemand kannte und zuordnen konnte. Dort wäre ich nicht die Tochter von oder die große Schwester von oder die, die ihre Mutter verloren hatte bei einem Unfall. Ich wäre ein unbeschriebenes Blatt und würde mich, das fand ich besonders aufregend, neu erfinden, als Studentin der Theaterwissenschaft. Manchmal dachte ich schon in kleinen Szenen, denn egal ob drinnen oder draußen, der *Kakadu* war eine Bühne.

Heißer Julitag, draußen vor dem Kakadu. *Junge einheimische Kellnerin tritt mit einem »Moin!« an den Tisch der kleinen Touristenfamilie. Kellnerin ist freundlich, weil ein freundlicher Mensch, zudem will sie Trinkgeld. Sie genießt die Aufmerksamkeit, genießt es, dass andere was von ihr wollen, ja, Kellnerin hat Macht und genießt ihren Status. Wenn ihr jemand blöd kommt, dann muss er auf sein Getränk eben etwas länger warten. Sie ist eine wichtige Person hier im Laden, vielleicht sogar die*

Hauptperson. Sie ist das Bindeglied zwischen Tischen und Küche oder Tresen, zwischen den Bäuchen der Gäste und der Erfüllung ihrer Wünsche, dazwischen schwebt sie wie ein Bedienengel hin und her.

Mit Kellnerin sollte man sich immer gut stellen und nicht so überheblich gucken wie diese Hamburgerin mit ihrem Lacoste-Shirt und Perlenkette, die fragt, ob es auch frischen Hering gebe. Kellnerin verneint.

»Schade«, sagt die Frau mit einem Hauch Hamburger Schnöseligkeit und guckt in die Karte, als gäbe es sonst nichts für sie. Kellnerin ist aufgefallen, dass es einen Typus Mensch gibt, der immer nach Gerichten fragt, die nicht auf der Speisekarte stehen.

Stolz zeigt Kellnerin auf die Tageskarte, die sie mit Kreide in Schönschrift vor einer halben Stunde selbst auf die schwarze Tafel vor dem Kakadu *geschrieben hat.*

»Aber wir haben heute eine französische Fischsuppe, unser Koch ist Bretone«, schlägt sie mit ihrem Ihr-könnt-mir-Vertrauen-Lächeln vor und klingt ehrlich begeistert, denn sie wurde vom Chefkoch höchstpersönlich vor einer Stunde zum Probieren in die Küche gerufen. Auf ihrer Zunge war es explodiert.

»Warum nicht?«, sagt der Mann am Tisch. »Ich nehme die Fischsuppe. Und ein kleines Flensburger, bitte.«

Kellnerin schenkt dem Mann das entzückendste Ich-will-Trinkgeld-von-dir-Lächeln, das ihr zur Verfügung steht, gemischt mit Anerkennung für seine Wahl, gibt zahlendem Gast das Gefühl, dass er ein Genießer sei und genau richtig entschieden habe. Lächeln von Kellnerin ist an der Grenze zur Käuflichkeit, aber geht, und das ist entscheidend, nicht über diese Grenze hinweg, sondern hat immer noch etwas Natürliches, ist ein Ich-bin-ein-Kind-dieser-Stadt-Lächeln.

»Na gut«, sagt die Lacoste-Frau leicht gequält, »ich nehme auch die Französische Fischsuppe und ein Mineralwasser. Und für die Kinder zweimal den Piratenteller und zwei Spezi.«

Kellnerin notiert alles, sagt »Danke« und geht mit den Karten im Arm wieder hinein in den Kakadu. *Auftritt beendet. Bei Prüfung der Gaststättenvereinigung hätte Kellnerin mit einem »gut« bestanden!*

Die Idee, die Kindergerichte ausgefallen zu benennen, kam von mir, und Fränki griff sie begeistert auf. Der »Piratenteller« – Fischstäbchen mit »gekaperten Seeräuber-Pommes« – kam immer gut an, Spaghetti mit Hacksoße hieß »Indianeressen«. Antoine klingelte, wenn Gerichte fertig waren und in der Durchreiche standen. Wehe, man war dann nicht sofort zur Stelle. Wenn er, der Meisterkoch, schon hier in dieser kulinarischen Wüste gelandet war und sein Bestes gab, dann durfte dieses Essen bitte nicht abkühlen und lauwarm serviert werden.

Sein Klingeln bedeutete aber auch immer einen kurzen Blick zwischen uns, sein fast streichelndes Lächeln mit den Augen; er nannte mich nicht Lika, sondern »schöne Frau«, das hatte noch nie jemand zu mir gesagt. Andrea, die Küchenhilfe, die tagsüber immer ein paar Stunden kam und für Antoine schnippelte und schälte und den Geschirrspüler ein- und ausräumte, guckte erstaunt durch ihre Kassenbrille rüber. Sie war geistig leicht beeinträchtigt, was dazu führte, dass sie manchmal ganz ungefiltert reagierte. Auch Biggi guckte überrascht, als sie es das erste Mal hörte, denn er sagte es sonst zu niemandem. Die Worte »schöne Frau« wirkten dann in mir nach, ja, füllten meinen ganzen Körper aus, wenn ich die Gerichte zu den hungrigen Seelen an die Tische brachte und auch dort immer ein dankbares Lächeln erntete. Das war das Schöne an dem Job, man machte andere glücklich.

Ich hielt mich selbst nicht für schön, aber wenn Antoine als Franzose es sagte, musste ja vielleicht doch etwas dran sein, und dass er mich als Frau wahrnahm ehrte mich auch, denn eigentlich sah ich mich immer noch als Mädchen. Es war aber so, dass seine beiden Worte in den Momenten, in denen sie in mir nachhallten, mich in meiner eigenen Wahrnehmung zur schönen Frau machten; ich ging als eine andere zwischen den dunklen Möbeln des *Kakadu* oder draußen zwischen den Tischen umher, wenn Antoine mich gerade mal wieder angelächelt hatte. Ich schritt regelrecht, trug mein Haupt aufrechter, und selbst die Typen, die mich sonst nicht wahrnahmen, wie Surfer-Tom, guckten.

Es war nicht selten Biggi, die mich dann wieder auf den Boden der Tatsachen zurückbrachte. »Aschenbecher Tisch 10 ist proppenvoll, Fräuleinchen. Ich habe dir doch gesagt, dass ab drei Kippen geleert werden muss.«

Abgesehen vom Klingeln, Lächeln, »schöner Frau« gab es aber noch einen Berührungspunkt zwischen Antoine und mir. Immer öfter rief er mich in die Küche, damit ich etwas probierte, eine neue Salatsoße, eine Suppe, die Soße zu einem Schnitzel oder ein Dessert. Dann stand ich da, und Antoine reichte mir einen Löffel, und manchmal steckte er ihn mir auch selbst in den Mund. Ich sah dabei auf seine Nase und in seine sanften und dennoch abgründigen Augen, und er beobachtete meine Reaktion ganz genau. Ich mochte es, sein kulinarisches Versuchskaninchen zu sein. Wenn Andrea da war, dann guckte sie aus ihrer Kittelschürze mit einem ganz seltsamen Ausdruck im Gesicht zu uns rüber. Ich hatte das Gefühl, sie war heimlich verliebt in Antoine.

Fast immer war ich begeistert von seinen Kochkreationen, aber wenn es auch nur den leisesten Zweifel bei mir gab, dann spürte er das sofort und fragte nach: »Zu sauer? Mehr Salz?« Und ich antwortete ihm ganz ehrlich.

Natürlich musste auch Fränki als Chef ab und zu probieren, aber Fränki war, kulinarisch betrachtet, eher schlicht gestrickt, und seine Geschmacksnerven waren wegen der vielen *Roth-Händle* nicht mehr die besten. Vor allem aber schmeckte Fränki stets die Kosten heraus, das war auch bei der Fischsuppe so gewesen.

Antoine hatte Fränki davon überzeugt, dass die Karte vielfältiger werden und es in einer Stadt am Wasser auch eine Fischsuppe geben müsse. Fränki hatte dem erst zugestimmt, doch als Antoine ihm die Kalkulation für die Suppe vorlegte und sagte, was man dafür nehmen müsse, da kriegte Fränki fast einen Kollaps und fragte, ob nicht doch die gute alte Zwiebelsuppe wieder auf die Karte zurückkönne. So war das bei Geizigen. Fränki konnte sich einfach nicht vorstellen, dass er jemals 7 Mark 50 für eine Fischsuppe ausgeben würde. Die beiden hatten furchtbaren Krach miteinander, was aber mit einer Calvados-Versöhnung am Tresen endete.

Und es war Fränki, der herumging, die Gäste mit einem »Moijen« begrüßte und fragte, wie es ihnen geschmeckt habe. Als dann die Hamburger die Fischsuppe sehr lobten, strahlte Fränki übers ganze Gesicht.

»Wir wollten unsere Karte etwas vielfältiger gestalten. Freut mich, dass das bei Ihnen ankommt.«

Ich stand nur da und dachte, oje, gleich behauptet er noch, dass die Fischsuppe seine Idee war! Doch so weit ging er nicht. Er sagte nur, dass seine Eingebung, einen französischen Koch einzustellen, wohl die richtige gewesen sei.

Fränkis Eitelkeit konnte einem manchmal ganz schön auf den Keks gehen. Ich beschloss, später auf der Tafel die »Französische Fischsuppe« in »Fränkis Fischsuppe« umzuschreiben, nur um ihn zu ärgern.

Auch Fränkis ewiges »Moijen«, mit dem er alle begrüßte, nervte und bewies wieder mal, dass er nicht von hier war. Richtig Moin sagen konnten wirklich nur die Einheimischen, und wir erkannten einander daran, es war wie ein Geheimcode. Alle Fremden waren sofort identifiziert, sobald sie »Guten Tag« oder »Hallo« sagten oder sich an einem »Moin« versuchten.

Was war nur so schwer an diesem kurzen Wort, im Grunde nur eine Silbe? Es musste freundlich und gleichgültig, dabei leicht verschlafen klingen, dann war es richtig. Es durfte auf keinen Fall betont oder zu deutlich gesagt werden, das Eu musste schnell in ein i kippen, aber nicht zackig, sondern weich, eben etwas schlaftrunken, ja, es musste so klingen, als wäre man gerade erst aufgestanden und hätte die Ruhe weg und wollte auf keinen Fall mit den großen Unwägbarkeiten der Welt da draußen behelligt werden.

Mein Vater, ein Flensburger, behauptete immer, dass das Moin in Angeln eher eine Art Urlaut war und daher mehr aus dem Rückenmark kam, aus den Genen der Angelsachsen, und dass es weniger mit den Sprechwerkzeugen zu tun hatte. Unser Moin war ein Understatement. Zugegeben, es klang nicht besonders intelligent und machte einen etwas dümmer, als man war, ließ uns etwas zurückgeblieben erscheinen. Das dachten vermutlich auch nicht wenige der Touristen, wenn sie hier bei uns im Urlaub waren und ständig mit diesem Moin begrüßt wurden. Aber es war auf keinen Fall ein zweisilbiges »Moijen« wie bei Fränki, der mit seinem ausgesprochenen und nicht, wie es sich gehörte, verschluckten »j« nicht nur bewies, dass er ein Fremder war, sondern auch noch unseren Lokalpatriotimus mit Füßen trat.

Fränki kam ursprünglich vom Bodensee und war vor Urzeiten in seinem anderen Leben, von dem niemand viel wusste, auch mal verheiratet gewesen, aber geschieden und hatte keine Kinder. Er selbst bezeichnete sich immer als Junggesellen, und das hieß für ihn, allein zu leben und ab und zu nachts eine Braut aus dem *Kakadu* abzuschleppen, wozu hatte man sonst seine eigene Kneipe, pflegte er dann zu sagen, aber das war's auch. Er wollte nichts Festes.

Fränki hatte eine 11-Uhr-Vormittagslaune, putzte pfeifend den Tresen, trank einen Kaffee, wie immer schwarz, und hatte eine herrlich rauchige Morgenstimme. Mittags, wenn es voll war, wurde er hektisch; sobald der Laden brummte, wurde der gute alte Fränki tatsächlich nervös, bekam Schwitzflecken unter seinen Achseln, und man merkte, dass er ein Gastronomiefremder war. Ihm fehlten die Nerven und das Vertrauen, dass letztlich alles klappen würde. Die Tatsache, dass es das jeden Tag tat, beruhigte ihn nicht.

»Lika, Tisch 7 will zahlen, schon seit zehn Minuten!«, raunzte er mich an.

»Alles klar, Fränki, es gab nur gerade so viele fertige Essen, und du hast gesagt, das Essenbringen geht vor!«

Nachmittags war Fränki wieder ein anderer, stiller, friedlicher, fast introvertiert. Am Abend drehte er dann richtig auf und wurde der kleine Star am Zapfhahn, der nicht uneitle Kneipenwirt des *Kakadu*, der auch ein bisschen über den Dingen stand und mit nachsichtigem Lächeln seinen Stammkunden an der Bar zuhörte, mit ihnen herumpalaverte, über die Welt, die Politik, im Großen und im Kleinen.

Biggi dagegen wurde erst gegen Mittag richtig wach, und wenn der Laden brummte, lief sie zu Höchstform auf. Danach hatte sie dann immer ein kleines Tief, trank Unmengen Kaffee und rauchte viel, aber am späten Nachmittag wurde sie wieder ganz die alte, war freundlich bis tief in die Nacht und bis zum Rauswurf der letzten Gäste. Sie war mit der Gastronomie aufgewachsen, ihr Vater hatte eine kleine Kneipe und ein großes

Alkoholproblem gehabt, und sie musste schon als Achtjährige Gläser spülen und mit anpacken. Seit ihrer Hotelfachlehre vor fünfundzwanzig Jahren war sie selbst im Geschäft, sie war ein Vollprofi und kompensierte Fränkis Unsicherheit. Biggi war die geborene Kellnerin, mit Nerven wie Drahtseilen, flinken Beinen, gutem Gedächtnis, schnellem Kopfrechnen, der richtigen Portion Schlagfertigkeit und Menschlichkeit, aber auch in der Lage, alles nicht zu nah an sich rankommen zu lassen. Sie hatte schon in zig Gaststätten bedient, eine Zeit lang auch auf dem Butterdampfer, und sie hatte wohl auch schon mal selbst eine Gaststätte besessen mit ihrem Ex.

»Was ist das eigentlich bei Peter, was er seinen Eltern nicht sagen kann?«, fragte ich sie an einem Abend, als wir unter uns waren und gerade Gläser abtrockneten.

»Ach, Lika, der arme Peter fühlt sich nicht wohl in seinem Körper. Er wäre lieber eine Petra als ein Peter.«

Ich unterbrach das Abtrocknen, so geplättet war ich. Dabei war Peter doch so muskulös und kräftig, ein Mannsbild wie kein anderer.

»Kindchen, du kannst dir nicht vorstellen, was für Höllenqualen der liebe Peter durchlebt. Erst hielt ich es auch noch für – na ja – ziemlich plemplem, aber je länger ich ihn kenne, desto mehr kapiere ich, wie grauenvoll es sein muss, im falschen Körper zu leben, mit dem falschen Geschlecht.«

Es knackte, ich hatte zu doll gedrückt oben am Rand des Weißbierglases. Mist, das durfte Fränki nicht sehen, es war schon das zweite Glas, das ich an dem Tag kaputt gemacht hatte. Biggi guckte leicht tadelnd, trat dann auf den Treteimer, und ich warf es hinein.

Ich kapierte jetzt, dass Peter diese Sache zu Hause nicht erzählen konnte. Das konnten Peters Eltern nicht verstehen, das hätten auch mein Vater und meine Mutter, die recht modern waren, nicht verstanden.

»Gefangen im falschen Körper«, sagte Biggi noch und fügte hinzu: »Aber Lika, das hier ist höchste Geheimhaltungsstufe. Wie der Zahlencode für die Atombombe. Du weißt von nichts, ja?«

»Logo«, sagte ich nur und bemühte mich, das nächste Weißbierglas ganz vorsichtig abzutrocknen. So leid mir Peter tat, so geschmeichelt war ich, dass Biggi es mir anvertraute.

»Und es ist wichtig, dass man die Geschichten der Leute nicht mit nach Hause nimmt, Tresen ist Tresen, da musst du dich abgrenzen. Dafür ist der Absacker da.«

Bei ihr war es immer der Drink *Grüne Witwe*, den sie sich selbst an der Bar mixte und dann in kleinen Schlucken trank. Sie musste ja noch mit ihrem reichlich alten Ford die paar Kilometer fahren, sie wohnte in einem kleinen Resthof in Grödersby, den sie günstig von einer Tante gemietet hatte. Sie war keine Grüne Witwe, aber eine im Grünen lebende Verlassene, wie sie mir ebenfalls an dem Abend anvertraute. Ihr Göttergatte Helge habe sie von einem Tag auf den anderen einfach sitzenlassen auf einem hohen Berg Schulden und sei getürmt.

»Lika, ich wünsche dir, dass das Leben es besser mit dir meint als mit mir. Guck dir die Typen immer ganz genau an, bevor du dich mit ihnen einlässt, wenn du erst mal verliebt bist, ist es zu spät.«

Biggi nahm einen Schluck von ihrer *Grünen Witwe*, ich nippte an meinem *Irish Cream*. Fränki war in der Küche verschwunden, um die Kästen mit den Pfandflaschen wegzuräumen, Biggi und ich saßen allein im leeren, verrauchten *Kakadu*. Als die Standuhr zu schlagen begann, zuckte Biggi zusammen.

»Diese verdammte Antik-Uhr, die macht mich noch wahnsinnig! Kein Wunder, dass Fränki sie geschenkt bekommen hat, wer will denn so ein Ungetüm bei sich zu Hause haben? Ich werde noch wegen dieser Uhr kündigen, das habe ich Fränki schon gesagt.«

Elfmal schlug das Scheißding, mir war sie auch zu laut.

»Was sind das denn für Schulden, die einem ein anderer hinterlassen kann?«, fragte ich. Ich war mir nicht sicher, ob Biggi weiter drüber reden wollte.

Sie stieß den Rauch Richtung Decke, machte wieder einen Kringel, ihre Spezialität.

»Ach, der Kredit einer Brauerei für unsere Gaststätte, für die Inneneinrichtung. Ich hatte den Darlehensvertrag mit unterschrieben. Der Laden lief nicht, und wir blieben auf den Schulden sitzen. Und seit der liebe Helge abgetaucht ist, habe ich nun den ganzen Schlamassel am Hals. Und den Gerichtsvollzieher.«

Es schien eine hohe Summe zu sein, Geld, das Biggi niemals mit ihrem Kellnerinnengehalt würde begleichen können. Ich verstand jetzt, woher die Sorgenfalten um ihren Mund kamen.

5.

Die Lila Eule

Ich kellnerte bereits drei Wochen im *Kakadu*, als ich, Ende Juli, an einem Mittwochabend kurz nach neun noch in die *Lila Eule* fuhr. Ich hatte Lust, mal wieder zu tanzen.

Als ich eintraf, saß mein Kumpel Dirk Mahnke vorne im Kneipenbereich allein vor einem Weißbier. Er war seit dem ersten Juli bei der Bundeswehr eingezogen und hatte schlechte Laune wegen der Grundausbildung. Ich war heilfroh, ein Mädchen zu sein und diesen ganzen Kram mit Musterung, Verweigerung, Gewissensprüfung, Zivildienst oder eben Wehrdienst nicht mitmachen zu müssen. Was die Jungs so erzählten klang ziemlich nervig. Außerdem verloren sie fünfzehn Monate ihres Lebens, während ich schon ab Herbst das Studentenleben genießen würde. Schließlich zahlte Dirk, er musste vor dem Zapfenstreich zurück sein in der Kaserne; in drei Monaten würde er immerhin Heimschläfer sein können.

Ich ging auf die Tanzfläche, denn gerade begann »Streetlights« von den *Crusaders*. Die ersten eineinhalb Minuten waren nichts für Feiglinge, es gab ein ganz langsames Intro, das nie aufzuhören schien, aber dann ging die Post ab. Was für ein geiles Lied! Ich legte so richtig los und tanzte mich warm, bald kam auch schon eines meiner Lieblingstanzlieder, von *Earth, Wind & Fire* der Song »Fantasy«. An manchen Abenden war es kein Tanzen, sondern ein sich Auflösen in der Bewegung, ich kannte jeden Takt, jeden Rhythmuswechsel meiner Lieblingslieder, wusste, wann sie zum Höhepunkt kamen, und es war etwas sehr Vertrautes, sich ihnen hinzugeben. Ich vergaß dabei vollkommen, wo und wer ich war, und nach dem Abhotten in der *Eule* war ich jedes Mal voller Energie und sehr glücklich.

An diesem Mittwochabend hatte ich jedoch auf einmal das Gefühl, beobachtet zu werden. Natürlich gab es immer welche, die mit ihrer Bierflasche in der Hand neben der Tanzfläche herumstanden und den Tanzenden zuguckten, das gehörte dazu, aber es war etwas anderes, wenn einer einen beim Tanzen genau beobachtete, als tanzte man nur für ihn. Je nachdem, wer das war, hatte es was oder auch nicht.

Es war Antoine, den ich ohne Kochkleidung und im Halbdunkel zunächst gar nicht erkannte. Er trug Jeans, Cowboystiefel und ein langärmliges bretonisches Shirt, weiß mit blauen Streifen, und grinste mich breit an. Ich lächelte kurz zurück, drehte ihm den Rücken zu und tanzte weiter, nun aber doch etwas kribbelig, weil ich Antoines Blicke spürte. Das Tanzen hatte auf einmal seine Unschuld verloren, wenn ich jetzt mein Becken bewegte, dann für ihn. Da er nicht auf die Tanzfläche kam, ging ich nach einem weiteren Lied zu ihm, und er brüllte mir ins Ohr, ob er mich auf ein Getränk einladen dürfe.

Wir begaben uns nach vorne in den ruhigeren Bereich

und bestellten bei Astrid mit ihrem sehr spröden Charme einen KiBa für mich und einen Bordeaux für Antoine.

Astrid war früher auch auf unserer Schule gewesen und hatte zu den dortigen Kommunisten gehört, die für die unteren Klassen jeweils zwei Paten stellten, als Ansprechpartner. Neben Astrid war das für unsere Klasse noch ein langhaariger Peter gewesen, und wir gingen immer in der Pause zu ihnen, wenn es Probleme mit den Lehrern gab. Obwohl ich inzwischen mein Abi hatte und Astrid schon länger in der *Eule* kellnerte, schwang zwischen uns immer noch diese alte Sache mit. Jetzt guckte sie auf Antoine, offensichtlich erstaunt, wen ihr altes Patenkind, die Sextanerin, da angeschleppt hatte. Er schien ihr zu gefallen, und sie ließ mich ihre Anerkennung spüren.

Antoine und ich saßen uns das erste Mal an einem Tisch gegenüber. Mittwochs war es in der *Eule* nicht so voll wie am Wochenende, aber es waren inzwischen drei Mädchen aus dem Jahrgang über mir gekommen, Silke Buschmann, Bente Callsen und Katrin Petersen, die offensichtlich gerade zu Besuch in der Heimat waren und gemeinsam die *Eule* aufsuchten. Mit Silke hatte ich in einer Mannschaft Volleyball gespielt, sie war sehr gut gewesen. Jetzt studierte sie in Göttingen, und die anderen beiden waren in Berlin, soweit ich wusste. Sie grüßten mich nicht mehr seit der Sache mit dem Volleyballabitur, aber das war mir egal. Sie guckten jedoch neugierig, mit wem ich da saß, das war mir wiederum nicht egal.

Antoine hatte seine langen Haare zu einem Zopf gebunden, und ich fand, er sah aus wie ein Bildhauer oder

Maler. Aber ein guter Koch war ja auch ein Künstler. Ich fühlte mich von seiner Einladung geschmeichelt. In der Küche des *Kakadu* trug Antoine stets ein Tuch um die Haare oder eine weiße Kochhaube, jetzt umrahmten seine braunen Haare sein schmales Gesicht, und kastanienbraune Augen blickten mich neugierig an. Er war bildhübsch, bis auf seine Nase, sie wirkte wie gebrochen und nicht wieder richtig zusammengewachsen, und auf dieser schiefen Nase war ein kleiner Huckel, der sie noch mehr betonte. Ich bemühte mich, nicht draufzustarren. Es war, ehrlich gesagt, eine vollkommen unmögliche Nase, eine, durch die man ihn auf jedem Fahndungsbild sofort erkannt hätte. Aber je länger ich ihm gegenübersaß, desto mehr gewöhnte ich mich an sie. Alles andere an ihm, seine warmen Augen, sehr schön geformte Lippen, machten sie wieder wett.

Antoine wollte wissen, was ich denn ab Herbst machen würde, und ich erzählte es ihm. Noch hätte ich keine Zusage für einen Studienplatz, es sei also noch offen, ob ich in München oder Erlangen landen würde.

»Dann wirst du weggehen von hier, weit weg«, sagte er und fügte mit einem wirklich äußerst netten Lächeln hinzu, »das wird dir guttun. Man muss mal eine Zeit lang weggehen, um wirklich erwachsen zu werden. Ein Kollege aus Ghana erzählte mir mal, dass sie bei ihm zu Hause das Sprichwort haben ›Das Glück liegt in den Füßen‹.«

Ich ließ es kurz auf mich wirken. »Das ist gut. Mein Vater sagt immer: ›Bildung steckt in den Knien.‹ Wenn man etwas nicht weiß, dann die Knie gerade, aufstehen und nachschlagen.« Jetzt nickte Antoine zustimmend. »Scheint ein kluger Mann, dein Vater.«

Seine Mutter war Deutsche, und Antoine sprach fließend Deutsch, nur mit einem kleinen Akzent, sodass ich meine Französischkenntnisse nicht auspacken musste. Ich hatte aber in der Schule auch nicht gelernt, wie man auf Französisch flirtete, während ich mit Antoine mühelos über den Stau und die Luftverschmutzung in Paris und das Problem der Jugendarbeitslosigkeit in den Banlieus hätte diskutieren können, sogar mit Einsatz des Subjonctif!

Es war das erste Mal, dass wir uns unterhielten. Woher er kam, wollte ich wissen, und er erzählte von Quimper und der Bretagne, von seiner Mutter, die es als Deutsche nicht leicht hatte, akzeptiert zu werden nach dem Krieg, von seinem Vater, einem einfachen Mann, der auch Koch war. Ich hörte aufmerksam zu.

»Warum gucken diese Mädchen da drüben so zu dir rüber?«, wollte er noch wissen, doch ich winkte ab, das sei eine komplizierte Geschichte, aber wenn er wolle, würde ich sie ihm ein anderes Mal erzählen, er müsse nur das Stichwort »Reservebank« sagen. Da lächelte er verschmitzt und sagte, er werde mich daran erinnern.

Inzwischen hatte ich zwei KiBas getrunken und bemerkte plötzlich, dass es schon nach zwölf war. Ich sagte Antoine, dass ich jetzt nach Hause müsse, und er antwortete, er bringe mich noch zu meinem Fahrrad.

Es war immer noch warm, als wir vor die *Eule* traten, und es roch ganz intensiv nach Wald bei Nacht, ich ließ die Fallschirmseidenjacke offen. Mein Hollandrad stand an einen Baum gelehnt, das Schloss klemmte wie immer, und ich fluchte leise, dann lächelte ich Antoine an und kramte doch noch mein Französisch heraus, um zum Abschied einen bleibenden Eindruck zu hinterlassen.

»Bonne nuit, fais des beaux rêves.«

Ehe ich mich versah, zog er mich zu sich und gab mir einen Kuss auf jede Wange, und ich roch Moschus, nur ganz leicht, hinter seinen Ohren. Moschus war gemein, ein ganz fieser Trick, und ich hasste alle Männer, die ihn anwandten, denn bei Moschus wurde ich schwach. »Bonne nuit, belle femme«, flüsterte Antoine, und es war, als würde die Seele von einer Feder gestreichelt. Was für eine Stimme!

Wir waren kurz davor, uns zu küssen. Es lag in der Luft, als Möglichkeit, wie Schneeregen, den man riechen kann, bevor er fällt, aber dann kam es doch nicht dazu, wie immer, wenn beide noch zögern. Ich stieg auf mein Rad und fuhr los in die Julinacht, klingelte und drehte mich kurz um, winkte ihm, und er winkte zurück. Dann ging er wieder rein.

Ich trat in die Pedale, fuhr an meiner ehemaligen Schule vorbei, das »Abbi 83« noch leicht verwischt auf der Kuppel. Mir kam die Schulzeit inzwischen sehr weit weg vor.

Als ich auf den Feldweg einbog, der zwischen einem Weizen- und einem Haferfeld zu unserer Siedlung führte, stimmte ich laut »Summertime« an, immer ein Zeichen großer Aufgeladenheit bei mir. Wie oft hatte ich es in den letzten Jahren hier auf diesem Weg unterm nächtlichen Himmel gesungen. Ich war nicht Ella Fitzgerald und Schleswig-Holstein nicht die Südstaaten oder ein anderes sommersattes Land, im Gegenteil, normalerweise waren die Sommernächte, in denen man sich bei uns nichts Warmes überziehen musste, an einer Hand abzuzählen. Nur in diesem Jahr war es ganz anders, und der Song passte selten gut hierher.

Summertime and the living is easy, fish are jumping and the cotton is high.

Das Lieblingslied meiner Mutter, das sie im Sommer 73 bei einem internationalen Chorfestival in Schweden kennengelernt und mir danach, ich war neun und noch Einzelkind, beigebracht hatte. Von Mitte Juni bis Mitte Juli war sie weggewesen, und Papa und ich blieben allein in der Wohnung in der Flensburger Straße zurück, danach verbrachte ich zwei Wochen bei Oma und Opa. Die vier Wochen kamen mir ewig vor, und Mamas gelegentliche Anrufe machten die Sache nicht besser. Eher im Gegenteil. Ich vermisste sie so sehr, aber sie erzählte immer begeistert, wie schön es dort sei in Schweden und wie gut die Konzerte ankamen. Am Ende der Telefonate fügte sie zwar hinzu, dass sie mich auch sehr vermisse, aber ich glaubte ihr nicht. Dazu klang sie zu fröhlich.

Nach ihrer Rückkehr war sie verändert, sie sagte, vier Wochen Singen von morgens bis abends würde einen verändern, zumal sie eine Solopartie gehabt hatte. Mama hatte dort neue skandinavische Freundinnen gewonnen, eine Schwedin, Inga, und eine Dänin, Henne. Sie hatte Anerkennung bekommen, in der Kritik einer schwedischen Zeitung hieß es, sie klinge so samtig und erdig wie eine Ella Fitzgerald, die Walderdbeeren gegessen hätte. Auf dem Weg zum Strand im Auto hatten wir den Song immer zu ihrer Ella-Kassette laut mitgesungen, und es war auch mein Sommerlieblingslied geworden. Vielleicht weil es in seiner Melodie sowohl die Hitze und das Satte des Hochsommers ausdrückte, die Verlangsamung des Lebens, wenn man alles viel mehr genoss, aber vermutlich noch mehr, weil es im Gegensatz zu sonstigen Sommerhits kein flaches Lied war, sondern ein melancholisches, tiefgründiges.

Wenn ich es sang, fühlte ich mich Mama immer besonders nah, und ich suchte mir einen der Sterne am Himmel aus und stellte mir vor, dass sie jetzt von dort auf mich guckte, mir zuzwinkerte und sich für mich freute, dass ich diesen Antoine kennengelernt hatte. Obwohl, ein Mann, der dreizehn Jahre älter und Koch war, so begeistert wäre sie vielleicht doch nicht. Ich sehnte mich in diesem Moment nach Mamas Meinung, die ich vor Jahren noch so gefürchtet hatte und wofür ich sie manchmal regelrecht gehasst hatte, mit diesem abgrundtiefen Hass, den nur eine Dreizehnjährige für ihre Mutter empfinden kann.

Mir fiel wieder ein, wie sehr Mama darunter gelitten hatte, wenn ich wütend und außer mir auf mein Zimmer gestürmt war. Der Zug um ihren schönen Mund, diese Verletztheit, wie weh ihr das selber tat, aber dass sie nun mal nicht anders konnte, als mich vor diesem Thomas oder diesem Peter zu warnen. Und während ich oben auf meinem Zimmer schmollte, war das Schlimmste, dass ich genau wusste, Mama hatte absolut recht und sagte es ja nur mir zuliebe und nicht, um mir zu schaden oder weil sie mir etwas neidete.

Auch einen Tag vor ihrem Unfall hatten wir uns gestritten, und mir war klar, wer mit dem »ungezügelten Unkraut« auf ihrem letzten Zettel gemeint war. Ich wollte an dem darauffolgenden Samstag zu einer Fete im Jugendzentrum gehen, weil ich für einen Michael, der zur dortigen Clique gehörte, wahnsinnig schwärmte und es irgendwie kurz davor stand, was zu werden. Mama hatte ich aber erzählt, dass ich abends bei Hilke sein würde, denn ich wusste, meine Mutter war auf die Clique im Jugendzentrum nicht gut zu sprechen. Sie rauchten, kifften, waren sehr links und trugen als Erste in Kappeln Palästinensertücher. Manche hatten sich in Brokdorf mit der Polizei angelegt, und es kursierten darüber immer wieder Heldenlegenden, in die die Worte Bullen, Stacheldraht, Schlagstock und Wasserwerfer auf jeden Fall eingebaut werden mussten. Als Mama dann Hilkes Mutter zufällig beim Bäcker traf und sie darauf ansprach, dass ich ja am Samstag bei ihnen sein würde, verneinte das Hilkes Mutter, weil sie am Wochenende wegfuhren. Daraufhin stellte Mama mich wütend zur Rede und sagte, wie enttäuscht sie sei, dass ich sie angelogen hätte. Zum Glück hatten wir uns aber noch am selben Tag in der Küche wieder vertragen. Die Vorstellung, dass ihr Unfall nach einem Streit ohne Versöhnung passiert wäre, ließ mein Blut gefrieren, dann hätte ich mich für immer schuldig gefühlt. Mama hatte mir sogar erlaubt, zu der Fete im Jugendzentrum zu gehen, ich musste nur versprechen, nicht zu rauchen oder zu kiffen. Das mit der Fete hatte sich dann erledigt, stattdessen schrieben wir am Esstisch Traueranzeigen. Und

Michael war mit einem Mädchen von der Realschule zusammengekommen.

Ich schaltete einen Gang runter, denn am Schluss ging der Feldweg leicht bergan, und ich atmete tief den herrlichen Duft von reifem Weizen bei Nacht ein. Mama, du fehlst mir so, dachte ich. Doch es war kein trauriges Gefühl, sondern eine ganz tiefe Verbundenheit, die da zwischen mir und dem Stern über den Weizenfeldern bestand. Ich war eins mit dem Universum, wie jemand, der verliebt war. Ich sah Antoines Gesicht vor mir, seine Lippen, hörte sein »Bonne nuit, belle femme«. Und ich fragte mich, wie Antoine wohl küsste.

6.

Versteckte Botschaften

Etwas Besonderes musste passiert sein. Als ich am nächsten Tag zehn Minuten vor Dienstbeginn zur Spätschicht in den *Kakadu* kam, hörte ich, wie Fränki, Biggi und ein paar der Gäste am Tresen sich gerade wegwarfen vor Lachen. Ihr vielstimmiges, herzliches und zugleich höhnisches Gelächter klang wie ein schräger Orgelakkord. Biggi hatte ganz gerötete Wangen und Tränen in den Augen, als ich sie grüßte und wissen wollte, was denn so Lustiges passiert sei.

»Ach, Lika«, sie wischte sich die Lachtränen von den Wangen, »eine so unglaubliche Geschichte. Du kennst doch Jens Bartelsen aus Karby?«

Ich nickte. Jens war zwar kein Stammgast bei uns, aber immer wenn er kam, trank er einige *Gin Tonics* und gab großzügig Trinkgeld. Vielleicht auch um seinen meist sehr hübschen Begleiterinnen zu imponieren. Er war verglichen mit den anderen Jungs hier oben ungewöhnlich charmant, auch zu Kellnerinnen, und wurde es von Drink zu Drink immer mehr. Mir war inzwischen aufgefallen, dass die Leute, die Sachen tranken wie *Cola-Rum* oder *Cuba Libre* oder *Gin Tonic* erst gar nicht betrunken wirkten, dann aber plötzlich von einem

Drink auf den nächsten wie ausgeknockt waren. Je nachdem, wie regelmäßig sie tranken, geschah das nach dem dritten oder vierten, und sie konnten kaum mehr aufstehen und wankten beim Gehen.

»Jens war gestern Abend mit dem nagelneuen Senator von seinem Vater unterwegs und hatte wohl ein paar Gin Tonics zu viel. Als er nachts über die Brücke zurückfuhr, kamen ihm die Bullen entgegen. Und was tut er? Rate mal, Miss Theaterwissenschaft!«

Biggi sah mich auffordernd an.

Ich zuckte nur mit den Schultern. »Er stoppt und springt über die Brücke ins Wasser, nur um nicht pusten zu müssen?«

Alle Anwesenden lächelten, als hätte ich gerade die Aufnahmeprüfung für mein Studium bestanden, Fränki guckte besonders anerkennend. Doch Biggi winkte ab.

»Er macht das Licht aus vom Auto und legt den Rückwärtsgang ein!«

Wieder brüllte sie vor Lachen, als hätte dieser Jens Bartelsen das alles nur getan, um sie, Biggi Lassen, etwas aufzumuntern. Ich stimmte mit ein.

»Und dann?«

»Na, dann crasht er mit dem nagelneuen Senator rückwärts an die Brücke und bleibt notgedrungen stehen«, sagte Biggi.

Die anderen gluckten erneut auf, schüttelten fassungslos den Kopf. Endlich war mal was los in unserer Kleinstadt, und alle stürzten sich begierig drauf. Normalerweise stand unter »Polizeiliche Nachrichten« im *Schleiboten* so was wie »Am Freitagnachmittag wurde in der Prinzenstraße 8 gegen 15 Uhr ein schwarzes Sweatshirt von einer Wäscheleine gestohlen. Sachdienliche Hinweise bitte an die Polizei.«

Biggi zündete sich in aller Seelenruhe eine Zigarette an.

»Ja, und weiter?«, fragte ich ungeduldig, und Fränki antwortete mir.

»Die Bullen kommen zu ihm und fragen, ob er Alkohol getrunken hat. Jens lallt: Nee, nur T-tonic. Dann muss er pusten. 2,6 Promille. Führerschein natürlich weg.«

»Nee, nur T-tonic«, machte Biggi, und wieder grölten alle los.

Ich stellte mir vor, wie Jens beim Anblick des Polizeiautos in Panik geriet und verzweifelt überlegte, was zu tun war; das Licht auszumachen, um ja nicht gesehen zu werden und rückwärtszufahren ... Wie betrunken musste man sein, um auf so eine Schnapsidee zu kommen!

Die anderen debattierten gerade, ob die Schlei-Brücke jetzt nicht in »Jens-Bartelsen-Brücke« umbenannt werden müsste oder nur »Bartelsen-Brücke«. Fränki schlug »Senator-Brücke« vor. Biggi erfand eine neue Multiple-choice-Frage für die Führerscheinprüfung: »Sie fahren nachts sturzbetrunken mit dem Auto und die Polizei kommt Ihnen entgegen, was tun Sie: A) Hupen B) Winken C) Das Licht ausmachen und rückwärtsfahren.«

Wir grölten!

Ich ging in die Küche und sagte Hallo zu Antoine, der mir wieder zwei Küsschen auf die Wange gab, ab jetzt schien das unser Ritual. Diese Art der Begrüßung war bei uns hier oben absolut ungewöhnlich, und ich errötete etwas. Andrea guckte von der Spülmaschine mit offenem Mund rüber. Antoine lächelte mich unter seiner Kochmütze an.

»Lika, ich habe diese drei Frauen da gestern Abend noch angesprochen und gefragt, was es denn mit dir und der Reservebank auf sich hat.«

Ich schnappte nach Luft.

»Nee, das hast du nicht getan!«

Er lachte und freute sich, dass er mich so richtig schön hochgenommen hatte.

»Aber bald will ich die Geschichte hören.«

»Ach, da kriege ich schlechte Laune, wenn ich nur dran denke«, erwiderte ich.

Er holte einen Teller mit einem Riesenstück Rosinenkuchen, in dem ein kleiner bunter Papierschirm steckte, wie sonst auf den Eisbechern.

»Für dich.«

»Oh, danke.«

Ich sah, dass in dem Schirmchen ein kleines Papierröllchen war, ließ es in meiner Jeans verschwinden und steckte das Schirmchen in meine Haarspange hinten, dann nahm ich den Teller mit dem Kuchen mit nach vorn an den Tresen und aß den fluffigen Rosinenkuchen. Fränki machte mir einen schwarzen Tee dazu. Der war für fünf Uhr genau richtig.

Als ich ausgetrunken hatte, ging ich auf die Toilette und holte den Zettel von Antoine aus der Jeans. Aufgeregt entrollte ich ihn. Wie romantisch war das, eine kleine Botschaft zu bekommen!

»Morgen Abend Fährschänke? Antoine«

Er hatte sich offensichtlich den Dienstplan angeguckt, denn ich hatte am nächsten Tag, einem Freitag, frei. Und die warme Küche im *Kakadu* ging bis neun, sodass Antoine abends immer früher Schluss hatte, er fing aber auch schon morgens ab acht oder neun an zu kochen.

Am Tresen nahm ich mir einen Kuli und schrieb, wozu hatte ich sonst einen Französischleistungskurs gehabt, »Avec plaisir, Lika« auf Antoines Zettel.

Nachdem ausnahmsweise *ich* an der Durchreiche auf die Klingel gedrückt hatte, gab ich ihm den Zettel zurück und sagte, wie lecker sein Kuchen geschmeckt habe.

»Etwas zu viel Rum vielleicht, und man sollte auf der Karte davor warnen, für all die trockenen Alkoholiker!«, fügte ich noch mit einem Zwinkern hinzu.

Sabines Sprüche waren inzwischen ständige Redewendung bei uns geworden und auch zu Antoine gedrungen. Eine direkte Begegnung zwischen ihm und seiner Vorgängerin hatte Fränki bisher immer noch abbiegen können.

Dann verabschiedete sich Fränki nach oben, er musste was für die Steuer vorbereiten. Biggi übernahm den Tresen und die paar Leute drinnen, ich die Terrasse.

Langsam füllte es sich draußen, und es war gut zu tun. Das war mir immer am liebsten, dann ging die Zeit schneller rum.

Am Tresen saß Peter heute neben einem alten Schulfreund, den er mitgeschleppt hatte. Peter stellte ihn mir sogar vor, als ich einmal auf meine Getränkebestellung wartete. »Lika, das ist mein ältester Kumpel, Hartmut Matthiesen, Hatti. Wir haben schon in der Volksschule zusammen die Schulbank gedrückt und voneinander abgeschrieben.«

»Hat aber auch nichts genützt!«, trötete Biggi über den Tresen hinweg, und alle lachten.

Dieser Hatti passte eigentlich gar nicht in den *Kakadu*, und ich hatte ihn hier auch noch nie gesehen.

Biggi plauderte mit allen am Tresen, es ging um die Trockenheit durch das Azorenhoch und die Probleme für die Bauern, deren Kartoffeln dieses Jahr nur murmelgroß waren. Es ging um die viel zu lange Sommerpause, die Dallas machte und dass man sich da mal beim Sender mit einem gepfefferten Brief beschweren sollte. Die Auflösung von ABBA war auch mal wieder Thema, vor allem Peter schien untröstlich, denn es war seine Lieblingsband gewesen, und er hatte für Agnetha geschwärmt. »Nee, die andere war viel schärfer, die Dunkle«, meinte Hatti. Zwischendrin bekam ich aber auch mit, wie Biggi, Hatti und Peter über mich redeten, dass ich die Tochter von Frau Brodersen sei, es ging um den Unfall. Ich hörte noch halb von draußen Hatti am Tresen. »Wie der da im Schock diese Blumenzwiebeln von der Straße aufsammelt, das werd ich nie vergessen!« Ein eindringliches »Pscht« von Biggi ließ mich aufhorchen. Seitdem guckte aber dieser Hatti Matthiesen immer zu mir rüber, wenn ich Getränke holte oder leere Gläser ablieferte.

Es klingelte an der Durchreiche, und Antoine stand da, jetzt nicht mehr in Kochkleidung. Er hatte Feierabend. »Adieu, Lika, ich freue mich schon auf morgen Abend.«

»Ich mich auch.«

»Treffen wir uns dort um neun?«

Wir lächelten uns an, und ich hatte die dumpfe Ahnung, dass es nicht mehr lange dabei bleiben würde.

Es wurde schon bald ruhiger im *Kakadu*, Peter zahlte und stolzierte wankend mit seiner Herrenhandtasche davon. Seit ich von seinem Geheimnis wusste, verstand ich vieles an ihm besser. Sein ewiges Kämmen, die Herrenhandtasche, die Gespräche über Frisuren und Haare, aber immer nur, wenn wir allein waren. Ich meinte sogar, einen klitzekleinen Nagellackrest an einem seiner Finger erspäht zu haben, das wäre mir vermutlich sonst gar nicht aufgefallen.

Peters Freund Hatti war noch etwas am Tresen sitzen geblieben; ich war gerade dabei, draußen die letzten Gläser abzuräumen, als er rauskam, direkt auf mich zu. Eine ziemliche Fahne schlug mir entgegen. Bier und Schnaps und etwas Mundgeruch.

»Min Deern, ich wollte dir nur sagen, dass mir das alles so leidtut, das mit deiner Mudder. Es verfolgt mich in meine Träume bis heute.«

Mir dämmerte, dass er der Lasterfahrer gewesen war.

»Sie haben den Milchlaster gefahren?«, fragte ich und spürte, wie mein Mund trocken wurde.

Er nickte. Tränen liefen jetzt über seine Wange.

»Aber Sie hatten doch keine Schuld!«, versuchte ich ihn zu trösten.

»Nee, und trotzdem lässt einen das nicht los. Ich seh immer noch diesen roten Renault vor mir, wie der da die Bundesstraße aus Richtung Flensburg auf mich zukommt.«

Ich stutzte. Wieso die Bundesstraße? War nicht *er* auf der Bundesstraße gewesen und *sie* die Straße vom Gärtner gekommen? Mir wurde schummerig. War er betrunken und erinnerte sich falsch, oder hatte ich damals den Unfallhergang nicht richtig mitbekommen in meinem Schock? Wenn ich ehrlich war, hatten wir über die Details nie groß geredet. Ich hatte mir nur gemerkt, dass Mama zu schnell fuhr und und es ihre Schuld gewesen war.

»Sie kam aus Flensburg?«

Er nickte.

Ich stand vor dem *Kakadu* und bekam trotz der milden Sommernacht eine Gänsehaut. Irgendetwas stimmte da nicht. Ob mein Vater all das wusste? Aber was änderte es? Sie war tot.

»Dein Vater hat sich ja einmal mit mir getroffen, direkt danach«, sagte Herr Matthiessen, »das fand ich ziemlich stark von ihm.«

Davon hatte Papa mir damals erzählt. Er wollte dem Mann seine Last nehmen, Mama hätte das bestimmt so gewollt.

»Gute Nacht, min Deern«, sagte er dann, und ich erwiderte seinen Gruß, sah ihn davonwanken in die Dunkelheit.

Als Biggi und ich etwas später am Tresen standen, der *Kakadu* war bereits geschlossen, sagte ich beim Aschenbecherausputzen: »Dieser Hatti hat mir etwas Seltsames erzählt über meine Mutter.«

Biggi spülte gerade die letzten Gläser, sie sah sehr müde

aus, erschöpft, aber mehr vom Leben und ihrem ständigen Kampf als von der Arbeit oder zu wenig Schlaf.

»Ich bin irgendwie total durcheinander.«

»Was hat er denn gesagt?«

»Ach, dass sie aus Richtung Flensburg auf die Kreuzung zukam. Das passt alles nicht zusammen.«

Biggi unterbrach kurz das Spülen und sah zu mir rüber, und ich hätte schwören können, sie wusste mehr, als sie zugab.

»Lika, glaub mir, manchmal ist es klüger, nicht an der Vergangenheit zu rühren. Es ändert ja auch nichts mehr. Ist besser, du machst dir nicht so viele Gedanken. Du gehst doch bald weg zum Studieren und fängst ein neues Leben an, jetzt heißt es nach vorne gucken.«

Am liebsten hätte ich Biggi angeschrien: »Was weißt du? Rück endlich damit raus!«, doch ich unterdrückte den Impuls. Das konnte ich mir ihr gegenüber nicht erlauben, außerdem wirkte Biggi in dem Moment überraschend zerbrechlich.

Als ich mit dem Rad durch die Stadt fuhr, machte ich einen kleinen Umweg über die Schanze, um zu gucken, ob meine Freundin Marion noch wach war, sie musste bei ihrem Job früh raus. Sie war die Einzige von uns, die schon mit siebzehn von zu Hause weggegangen und in eine eigene Wohnung gezogen war, die sie sich mit ihrem Cousin Volker teilte. In der Küche brannte noch Licht, und ich klingelte.

Marion strahlte, als sie öffnete. »Moin, komm rein.«

Ich sah einen gepackten Rucksack im Flur. Die nächste

Freundin würde mich in Kappeln allein zurücklassen. Anke war schon zu ihrem freiwilligen sozialen Jahr nach Hannover aufgebrochen, wo sie im Henriettenstift Altenpflege lernte, und Schlaksi begann ihr Au-pair-Jahr in Paris mit einem stilvollen Urlaub gemeinsam mit der französischen Familie in deren Sommerhaus in der Normandie. Hilke war irgendwo in Schweden mit Broder, ihrem Freund, und Anja mit ihrer Cousine an der Côte d'Azur beim Campingurlaub.

»Wann geht es los?«

»Morgen Abend mit dem Nachtzug«, sagte Marion. Sie wollte per Interrail Richtung Griechenland. Die letzten Wochen seit dem Abi hatte Marion in einem Fischladen gejobbt, sich ihre Reise hart verdient. Wir hatten uns lange nicht gesehen, weil sie auch am Wochenende arbeiten musste.

Eine Kanne Tee stand auf einem Stövchen, Volker war nicht da.

»Auch einen Vanilletee?«, fragte Marion, ich nickte, und sie holte eine Tasse aus dem Schrank. Abgesehen vom Stövchenteelicht hatte Marion noch eine Kerze in einer über und über mit Wachs verzierten Weinflasche angezündet, und im Kerzenlicht sah meine Freundin ganz anders aus als morgens um acht im Englischleistungskurs, im Licht der Neonröhren.

Marion war immer todmüde gewesen, bis zur vierten Stunde war mit ihr nicht viel anzufangen. Sie war erst in der Oberstufe bei uns gelandet, weil sie ein Jahr in Amerika als Austauschschülerin gewesen war. Davon hatten wir einige im Englischleistungskurs gehabt. Sie sprachen fließend, benutzten Vokabeln, von denen wir alle, einschließlich unseres Lehrers, niemals gehört hatten, und schrieben ihre Klausuren einfach nur so runter, während Normalsterbliche wie ich doch noch oft im Wörterbuch blättern mussten. Sie räumten immer ganz selbstverständlich 14 oder 15 Punkte ab, anscheinend ohne jede Anstrengung.

Wie anders war es dagegen in meinem Französischleistungskurs, da wir dort alle bei null angefangen hatten, mit dem Satz »La famille Léroc est dans la salle de séjour«. Wir begannen ein neues Leben mit Brigitte und Jaques und Pasquale Léroc, sie hatten uns bei sich aufgenommen und führten uns nun ein in die französische Lebensart. Es war ein Leistungskurs für Anfänger, und keine Geringere als ich hatte ihn ins Leben gerufen. Im ersten Halbjahr der Oberstufe hatte ich neben Englisch noch Deutsch als Leistungsfach gehabt, doch der Lehrer war ein Korinthenkacker. So kam ich auf die Idee mit der Alternative, rekrutierte den Lehrer, und musste dann mindestens neun Mitstreiter finden. Ewige Pausen lang bequatschte ich die anderen, die mit ihrer Kurswahl ebenfalls unzufrieden waren, ich warb mit der Chance, bei null wieder anfangen zu können, und hatte Erfolg. Schließlich legten wir im zweiten Halbjahr der 11. Klasse los mit unserem Französischleistungskurs für Anfänger, dem ersten und vielleicht einzigen, den es jemals gab in Schleswig-Holstein.

Ich war fasziniert von der Sprache, der Lehrer, Herr Dombrowski, den wir Monsieur Dombrowski nannten, war begeistert von meiner Begeisterung, und ich gehörte zu seinen Lieblingsschülerinnen, aber in einer Sache waren wir wie Feuer und Wasser. Dombrowski hatte einen schwarzen Aktenkoffer mit einem Aufkleber von einem Leopard-2-Panzer. Manchmal, wenn ein Starfighter am Himmel vorüberdüste, trat er ans Fenster und sinnerte halblaut. »Die Jungs von der Luftwaffe üben wieder, na ja, müssen sie auch.« Er hatte selbst lange bei der Bundeswehr gedient und war dann über Umwege Gymnasiallehrer geworden. Seine ganze Art zu unterrichten hatte viel von militärischem Drill und durchaus autoritäre Züge, in anderen Klassen hatte er auch schon mal vor Wut mit seinem Schlüsselbund nach Schülern geworfen, die ihm zu laut waren. Aber in unserem Kurs war er nett, weil wir ja alle »leistungswillig« waren. Leistungswillig war sein Lieblingswort, wenn er ausnahmsweise mal Deutsch mit uns sprach.

Je weiter unsere Sprachkenntnisse anwuchsen und je mehr wir kleine Diskussionen führen sollten, desto öfter stießen meine pazifistische und seine militärische Sichtweise aufeinander, und wir diskutierten ganz erhitzt. Er war mir natürlich überlegen und strahlte nur, wenn ich die neue Redewendung, die wir gerade bei ihm erlernt hatten, korrekt anwandte oder den Subjonctif, aber für meine Ansichten hätte er mich vermutlich am liebsten erwürgt.

Marion und ich erzählten uns gegenseitig von unseren Jobs, Marion bekam 8 Mark die Stunde, aber natürlich kein Trinkgeld. Ich berichtete vom *Kakadu* und dem Brückenunfall von Jens Bartelsen, Marion warf sich ebenfalls weg vor Lachen. Niemand lachte so wie sie, ihre Wangen liefen dann knallrot an. Was hatten wir in den Pausen herumgealbert, unsere Lachanfälle waren legendär, und danach ging man immer ganz erholt in die nächste Stunde. Auf einmal wusste ich, was mir in den letzten Wochen so sehr gefehlt hatte, das Lachen mit meinen Freundinnen.

Marion rauchte ziemlich stark, auch noch *Marlboros*, aber es war sehr gemütlich, zusammen in der Küche zu sitzen. Ich guckte ihr gern zu, wie sie inhalierte und dann den Qualm aus Mund und Nase wieder ausstieß, sie war meine einzige rauchende Freundin. Ihre Zähne waren schon etwas gräulich vom Nikotin, aber wie sie die Zigarette hielt, sah bei ihr irgendwie intellektuell aus.

Schließlich rückte ich mit Antoine raus.

»Kennst du den Koch aus dem Kakadu?«

»Den Franzosen?«

Ich nickte.

»Guter Typ«, sagte Marion, »aber pass auf bei Köchen, Lika, das sind in der Regel keine soliden Männer.«

Ich zuckte mit den Schultern.

»Okay«, fuhr sie fort, »wer will schon einen soliden Mann. Baggert er dich an?«

Ich grinste. »Ja, ziemlich. Nennt mich immer ›schöne Frau‹.«

»Wow. Na, das versüßt die Arbeit doch, oder? Besser als mein Chef, der sagt immer ›Moin, meine Sprotten‹.«

Wir lachten, dann wurde ich wieder ernst.

»Gestern haben Antoine und ich uns zufällig in der Eule getroffen und das erste Mal richtig geschnackt. Und morgen Abend sind wir für die Fährschänke verabredet. Tja, er gefällt mir, ist irgendwie ganz anders als alle anderen.«

»Siehst du Henner noch?«

»Nee, um Gottes willen. Er überführt gerade ein Boot auf die Azoren. Ich bin echt froh, dass er nicht da ist, und er kommt auch erst wieder zurück, wenn ich schon längst beim Studium bin.«

Henner hatte im Mai bei einer Regatta eine sehr gut segelnde, sehr blonde Dänin kennengelernt und mit mir Schluss gemacht. Es lief aber schon vorher nicht mehr gut bei uns, sodass ich nicht aus allen Wolken fiel. Mein Bruder war fast noch trauriger als ich, weil er Henner so mochte. Und ich hatte im Mai beschlossen, dass ich mich jetzt hier oben nicht mehr verlieben und binden würde. Ich war auf dem Absprung.

Wir hörten einen Schlüssel in der Tür, und kurz darauf trat Volker in die Küche mit einem »Moin«. Er nahm ein *Flensburger* aus dem Kühlschrank, ploppte laut seinen Feierabend ein und setzte sich zu uns. Volker hatte einen Job als Kellner auf einem der Butterdampfer, die zwischen Kappeln und Sonderburg in Dänemark hin und her fuhren.

»Der reine Wahnsinn!«, stöhnte er. Zweihundert vorwiegend weibliche Rentner, die auf Schmugglerreise waren und ihre Krücken und Stöcke meist nur dabeihatten, um sich mit anderen um Sitzplätze zu prügeln oder um den Platz in der Schlange vor dem Schnapsladen zu verteidigen. Es gab bei den Fahrten auf hoher See zollfrei Zigaretten, Alkohol und Kosmetika, wobei nur eine bestimmte Menge pro Person erlaubt war. Aber die alten Damen hatten teilweise ihre Mäntel innen mit Taschen präpariert, damit sie noch mehr einkaufen und schmuggeln konnten, Waren, die sie an Land vertickten, auch um ihre Rente aufzubessern. Volker erzählte, dass es zu seinen Aufgaben gehörte, gemeinsam mit seinem Kollegen den betagten Gästen zu Beginn und am Ende der Butterdamperfahrt beim Besteigen des Schiffes und beim Anlanden unter die Arme zu greifen und sie über die Schwelle zu heben, aber bei der einen Oma waren auch die Ärmel voller Zigarettenstangen; sie war stocksauer, als er da reingriff, und beschimpfte ihn übelst. »Sie Schuft, lassen Sie gefälligst die Hände von mir!« Er machte es zu schön nach, und Marion und ich wieherten.

Ich trank meinen Tee aus und umarmte Marion zum Abschied. Sie drückte mich mit einer Herzlichkeit, von der sich meine anderen Freundinnen eine Scheibe abschneiden konnten.

»Schönen Urlaub!«

»Halt die Ohren steif! Und viel Spaß mit dem Koch.«

Während ich mein Rad aufschloss und wieder mit dem verdammten Rahmenschloss kämpfte, hörte ich die beiden durchs Küchenfenster laut auflachen, und mir war klar, dass Marion Volker gerade die Wirklich-wahre-ohne-Scheiß-ej-Jens-Bartelsen-Brückengeschichte erzählt hatte.

7.

Die Jukebox

Ich konnte am nächsten Tag meinen Vater am späten Nachmittag in Ruhe sprechen. Lars war im Garten mit seinem Drachen beschäftigt, den Henner mal mit ihm gemeinsam gebastelt hatte. Papa saß am Schreibtisch in seinem Arbeitszimmer und bereitete den Unterricht für das neue Schuljahr vor. Ein Foto von Mama, Lars und mir stand gerahmt da, im Sommer 79 im Garten aufgenommen, an einem Grillabend mit beiden Omas. Mama in der Mitte, sie hatte ihre Arme um Lars und mich gelegt, und wir lachten alle drei in die Kamera. Lars hatte einen ganz schiefen Zahn vorne. Ich sah auf das Mädchen, das ich damals vor vier Jahren gewesen war, dem schon bald die Mitte des Bildes und des Lebens abhandenkommen würde und das in dem Moment nichts, aber auch gar nichts ahnte.

»Papa, ich hab mal eine Frage«, begann ich. Er sah hoch, machte seinen Füller zu und legte ihn beiseite.

»Der Lasterfahrer war gestern Abend im Kakadu und hat mich angesprochen.«

»Herr Matthiesen?«, fragte Papa.

»Ja. Ihn lässt die Sache nicht los, hat er mir gesagt.«

Papa nickte verständnisvoll und stöhnte ganz leise.

»Weißt du, was mich wundert? Er hat gesagt, dass Mama aus Richtung Flensburg kam. Wusstest du das?«

Papa nickte, nahm seine Brille ab und fuhr sich mit der einen Hand durchs Haar.

»Aber wieso? Sie war doch bei der Anti-Apartheids-AG und wollte danach zum Gärtner. Und wenn man von der Gärtnerei kommt, dann fährt man nicht aus Richtung Flensburg auf die Kreuzung.«

Mein Vater sah mich an.

»Sie war an dem Tag nicht bei der AG. Sie hat sich kurz vorher dort abgemeldet. Das hat mir Helga Görrissen erzählt.«

»Aber warum hat Mama uns auf ihrem Zettel angelogen?!«

Papa zuckte mit den Schultern.

»Vielleicht hatte sie vor, hinzugehen und hat sich dann spontan umentschieden. Jedenfalls hat sie sich bei Helga Görrissen abgemeldet und ihr gesagt, dass sie etwas in Flensburg zu erledigen hat.«

»Und warum hast du mir das nie erzählt?«

»Lika, ich hielt es nicht für so wichtig. Wie oft hat deine Mutter mal spontan ihre Pläne geändert und getan, wozu sie gerade Lust hatte? An dem Tag wollte sie eben nach Flensburg fahren. Es änderte ja auch nichts an der Tatsache, dass sie schuld war und zu schnell fuhr.«

Da hatte Papa natürlich recht. Plötzlich fand ich, dass es vielleicht doch nicht so bedeutsam war, wie ich zunächst gedacht hatte. Mama hatte spontan beschlossen, in Flensburg was zu besorgen. Im Auto waren allerdings keine Einkäufe gewesen.

In diesem Moment fiel mir wieder etwas ein, was mich damals sehr irritiert hatte. Als wir nach Mamas Tod ihre Handtasche ausräumten, fanden wir in ihrer Brieftasche ein aktuelles Kindergartenfoto von Lars mit dem schiefen Vorderzahn, aber keines von mir. Und auf dem Foto von ihm stand hinten mit Kugelschreiber sein Geburtsdatum, »Lars, 3.5.1974«, und nicht, wie üblich, das Datum der Entstehung des Fotos im Frühsommer 79.

Durch Papas Arbeitszimmerfenster sah ich meinen Bruder auf der Terrasse mit seinem Drachen hantieren, er reparierte ihn gerade mit Klebeband.

»Ich geh mich mal duschen, bin nachher noch verabredet«, sagte ich.

Papa sah mich an, wartete, ob ich noch einen Namen nannte, doch den blieb ich ihm schuldig.

Mein Bruder durfte mir beim Schminken zugucken, er saß im Pyjama mit seinem Zauberwürfel auf dem Badewannenrand und drehte an dem Ding herum. Dabei sah er völlig fasziniert immer wieder rüber zu mir vor dem Spiegel und verfolgte, was als Nächstes drankam. Ich ließ ihn gern zugucken, er störte mich nicht. Heute machte ich ihm zuliebe auch eine kleine Show daraus, mit der Stimme einer Sportreporterin rief ich: »Und jetzt auf den letzten Metern greift Angelika Brodersen zur Wimperntusche, um ihren feurigen Augen noch etwas mehr Ausdruck zu verleihen und alle Konkurrentinnen aus dem Rennen zu schlagen. Und ja, nun ist sie kurz vor der Ziellinie, es fehlt aber noch der absolute Knüller, der rosa Lippenstift ›Je t'aime‹ von Margaret Astor! Damit geht sie ins Ziel als Miss Kappeln!«

Lars gluckste vor Lachen, dann fragte er mit kindlicher Neugier: »Und wen triffst du?«

»Das verrate ich dir, wenn du den Zauberwürfel innerhalb von dreißig Minuten gelöst hast.«

»Ochmenno«, kam es.

Ich ging zu ihm, und statt den Lippenstift mit einem Taschentuch abzunehmen, wählte ich die Stirn meines Bruders, woraufhin unter dem Wirbel ein Kussmund prangte.

Das Abendlicht tauchte die Schlei in einen schwer definierbaren Ton, weder Blau noch Grau, die Heringszäune ragten wie immer aus dem Wasser, und ein paar Segelboote waren gerade durch die Brücke gekommen. Heute schienen nur Boote mit bescheuerten Namen unterwegs zu sein. Ich hoffte, das war kein schlechtes Omen für den Abend. Boote mussten ja weibliche Namen tragen, was zu so schrecklichen Verirrungen wie *Wende Line*, *Frau Ke* oder *Coco Schnell* führte, und ich fand, dass die Wasserschutzpolizei sich auch mal die Schiffseigner mit den schlimmsten Namen vorknöpfen sollte.

Antoine wartete an der Kaimauer vor der *Fährschänke* und trug eine Lederjacke überm weißen T-Shirt. Als ich ihn sah, schlug mein Herz bis zum Hals, denn es war klar, dass er mich erwartete. Ich konnte es noch immer nicht fassen. Ein erwachsener, ein richtiger Mann stand da und wollte mit mir, Lika Brodersen, Kind dieser Stadt, ausgehen. Ob wir uns heute Abend küssen würden? Ich hatte mich für eine Karottenjeans und mein schönstes Big-Shirt in schlichtem Schwarz entschieden, in das ich vorn seitlich einen Knoten reingemacht hatte. Irgendwie war das seit einiger Zeit total in.

Auch die *Fährschänke* war schon immer da gewesen, am Hafen mit Blick auf die Schlei, die Heringszäune und die Brücke, und sie hatte sich in all den Jahren weder von außen und wohl auch nicht von innen groß verändert. Ich war noch nie drinnen gewesen. Die *Fährschänke* war kein Lokal, in das wir gingen. Sie war, wie meine Oma sagen würde, eine Spelunke, in die ein anständiges Mädchen niemals seinen Fuß setzen würde. Die ganze Nacht durch geöffnet, war sie eine echte Hafenkneipe, in der sich auch viele halbseidene und abgehalfterte Leute trafen, Gestrandete, Nachteulen, die noch nicht aufhören mochten zu trinken. Jedenfalls kam niemand von den Kappler Honoratioren, die gingen ins *Aurora* zum Stammtisch. Ins *Aurora* gingen wir abends nie, höchstens in der Freistunde am Vormittag, um dort einen Kakao mit Schlagsahne zu trinken. Das war ein Ritual von Anke und mir gewesen, und wir hatten beschlossen, es nicht aufzugeben, sondern immer wieder mal, wenn wir beide in der Heimat waren, dort gemeinsam hinzugehen. Anke hatte mir zum Abschied eine kleine Flasche »Anaïs« geschenkt, von dem ich mir heute Abend etwas hinter die Ohren getan hatte.

Dadurch, dass ich jetzt bald aus Kappeln weggehen würde, hatte ich das Gefühl, ich müsste vorher auch einmal in der *Fährschänke* gewesen sein, sonst würde mir eine wichtige Erfahrung fehlen. Antoine und ich, wir setzten uns an einen Tisch am Fenster, der letzte, der frei war, der Laden war gut besucht und sehr verraucht. Mir fiel auf, dass die halbhohen Häkelgardinen den Blick hinein verhindern sollten, ein Sichtschutz, der eine gewisse Anonymität gewährte, leider aber auch den Blick auf den Hafen und die Schlei behinderte.

Antoine wollte die Karte mal probieren, er hatte gehört, dass es in der *Fährschänke* durchaus gutes Essen geben sollte.

»Dann muss ja Fränki heute Abend die Rechnung bezahlen, das läuft doch unter beruflicher Weiterbildung«, scherzte ich, und Antoine grinste breit.

»Wir spionieren die anderen jetzt mal aus, und ich zahle natürlich heute Abend.«

Am Tresen waren alle Barhocker besetzt, in der Ecke spielte ein Mann in Motorradlederhose am Flipperautomaten, fluchte halblaut vor sich hin, »nun komm schon«, und stieß dabei immer wieder sein Becken an das Gerät. Aus der Jukebox kam »Wenn du denkst du denkst«. Ein Lokal mit Jukebox, wie großartig war das denn! Das gab es eigentlich nur in Spelunken und etwas altmodischen Lokalen. Ich war also guter Dinge, was den Abend anging.

Die Möbel in der *Fährschänke* waren typische Kneipen-Pseudo-Eichenmöbel, die Auslegware am Boden schien den Fritteusengeruch angenommen zu haben. Der ganze Laden roch nach Bratenfett und Zigarettenrauch, hatte aber durchaus etwas Gemütliches. Der

Wirt kam von der Bar rübergeschlurft, legte uns die Karten auf den Tisch und fragte, ob es schon etwas zu trinken sein dürfe. Durch die Gläser seiner vergoldeten Pilotenbrille inspizierte er uns leicht verächtlich und mit der stummen Frage: Was führt euch denn hierher?

Antoine bestellte ein Pils und ich ein Bitter Lemon. Dann guckten wir in die Karte. Jetzt sang Adamo »Ein kleines Glück«. Denen am Tresen gefiel das Lied offensichtlich, sie wippten jedenfalls alle mit im Takt, manche mit dem Oberkörper, manche mit dem Kopf und einige nur ein kleines bisschen, versteckt, mit dem Schuh auf der Fußstange an der Bar.

Adamo war bei uns natürlich total verpönt, ich kannte wirklich niemanden, der Adamo gut fand oder es zugegeben hätte, außer meiner Oma Flensburg. Mama hatte ihr mal eine seiner LPs geschenkt, und ich hörte noch ihren Kommentar, als ich mit ihr die Platte bei *Radio Mehne* kaufte: »Wenn sie Adamo mag, dann bekommt sie Adamo. Howard Carpendale würde ich ihr allerdings nicht schenken. Nur über meine Leiche.« Und wir mussten lachen. Manchmal fehlten mir genau diese Sprüche meiner Mutter am meisten, ihr norddeutscher Humor, ihr Mutterwitz. Mir war aber auch schon aufgefallen, dass viele Menschen, wenn sie an Verstorbene dachten, sich an ihre witzigen Aussprüche und Anekdoten erinnerten, das fand ich unheimlich tröstlich.

Antoine wollte von mir wissen, was diese Holzzäune in der Schlei sollten, und ich erklärte ihm, dass die Schlei früher voller Heringszäune gewesen war. Die Heringe kamen mit der Strömung zum Laichen in die Schlei und sahen die Zäune als ein natürliches Hindernis an, so wurden die Heringsschwärme geschickt ins Netz am Ende der Zäune geleitet und dort gefangen.

»Das beweist mal wieder, dass es keine Intelligenz im Schwarm gibt. Es ist ja viel einfacher mit der Strömung zu schwimmen«, sinnierte er.

»Auch wenn man dann leider irgendwo gebraten auf einem Teller landet.«

Wir lachten, und einige vom Tresen guckten zu uns rüber.

»Ein individueller Hering würde vielleicht noch umkehren, gegen die Strömung schwimmen«, überlegte er.

»Das haben widerhakenartige Rückhaltearme des Zauns verhindert. Falls also ein Hering so klug war, doch lieber umzukehren, wurde ihm das dadurch erschwert. Es war wirklich sehr durchdacht und eine raffinierte Konstruktion.«

Antoine schlug vor, zu bestellen und ich sagte ihm, dass er den norddeutschen Maurerinfinitiv noch lernen müsse. »So, dann wollen wir mal sehen und bestellen!«

»Ja, den kenn ich schon von Andrea. So, dann will ich mal sehen und schneiden die Zwiebeln!« Er legte ganz kurz seine Hand auf meine, zog sie aber schnell wieder weg, als hätte er auf eine heiße Herdplatte gefasst.

Unsere Getränke kamen, und Antoine entschied sich für eine Krabbensuppe und die Tomatensuppe, das Bauernfrühstück, den Bratfisch und das Schnitzel mit Champignon-Rahmsoße sowie den Beilagensalat. Ich staunte über die Mengen, aber gut, wir waren ja nicht zum Vergnügen da.

Aus der Jukebox kam jetzt »Ein bisschen Frieden«, und ich sagte: »Das Leben ist wie eine Jukebox, du weißt nie, welches Lied als Nächstes kommt!«

Antoine grinste, dann dachte er zwei Herzschläge lang nach, bevor er mit seinem süßen Akzent entgegnete: »Das Leben ist wie eine Jukebox, wenn du nicht selbst deine Lieder auswählst, musst du den Scheiß der anderen anhören!«

Da ich Bio als Abifach hatte, wusste ich genau, was gerade in meinem Gehirn passierte. Meine Hirnanhangsdrüse drehte durch, Transmitterflüssigkeit, Synapsen und so weiter. Meine Biolehrerin Fräulein Jäger hatte die Liebe entzaubert. Wenn die Männer nur wüssten, wie leicht wir zu erobern waren, dachte ich. Kluge Sprüche, ein guter Humor, und schon waren wir hin und weg. Jemand, der uns zum Lachen brachte, gewann unser Herz. So waren wir Frauen, so war ich.

Zwischen dem Tresen und dem Nebenraum schwofte jetzt ein in die Jahre gekommenes Pärchen. Es war eine Art Engtanz, aber mehr, damit der andere nicht umfiel, schien mir. Wir guckten beide rüber.

»Echt sünde«, sagte ich zu Antoine.

»So, Lika, jetzt erklär mir mal, warum hier alle Leute immer ›Sünde‹ sagen. Ach, sünde oder der ist ja sünde oder das ist ja sünde.«

Ich grinste.

»Stimmt, das sagen wir hier ständig. Ich denke es auch wirklich oft. Es hat nichts mit der biblischen Sünde zu tun, sondern bedeutet ganz einfach nur, dass man Mitgefühl mit jemandem hat, dass einem jemand leidtut, in seiner Art, mit seinem Schicksal. Es ist ein Ausdruck des Bedauerns.«

»Fränki ist sünde«, sagte er.

»Nee, Fränki ist geizig. Andrea mit ihrer dicken Brille ist sünde und Biggi mit ihrem Schicksal, das ist so sünde. Aber vielleicht hast du recht, und Fränki ist auch sünde, wie er sich immer bemüht, beliebt zu sein, und es ihm einfach nicht gelingt. Und sein ewiges Moijen! Das ist so sünde, dass er es einfach nicht kann und trotzdem versucht.«

»Meu-in«, probierte es Antoine, mit einem klitzekleinen entzückenden Akzent, doch ich winkte ab.

»Lass es, das kriegt niemand hin. Dafür muss man von hier oben kommen, mit dem Regen aufgewachsen sein und mit dem Wind. Die Touristen versuchen es ja auch immer wieder, und keiner, wirklich keiner kann es richtig sagen. Das ist echt interessant, ich weiß auch nicht, warum, es scheint unheimlich schwer zu sein. Und natürlich erkennen wir Einheimischen uns sofort daran.«

»Wie ein Erkennungspfiff bei den Ureinwohnern.«

Die Suppen kamen, dann nach und nach das andere. Die Krabbensuppe schmeckte vorzüglich, die Tomatensuppe langweilig, das Bauernfrühstück war fantastisch, und beim Bratfisch wollte Antoine unbedingt herausfinden, was der Kollege an die Panade gemacht hatte, dass sie so kross war. Auch die selbst gemachte Remouladensoße fand seine Anerkennung. Die Kroketten erinnerten ihn an Großküchen und blieben liegen.

»Schmeckt wie eine Sättigungsbeigabe.«

Ich korrigierte ihn: »Sättigungsbeilage heißt das.«

»Was für ein Land, das solche Wörter hat, echt sünde«, sagte er nur trocken, und ich war beeindruckt, wie schnell er bei mir Norddeutsch für Anfänger gelernt hatte.

Dann erzählte Antoine, dass er vergeblich versucht hatte, in Kappeln Parmaschinken zu bekommen und Büffelmozzarella. Ich hatte keine Ahnung, was Mozzarella war, und er erklärte es mir und dass man den in Italien auf Tomatenscheiben mit frischem Basilikum tat, Olivenöl drüber. »Vielleicht solltest du mal Alfred, den Besitzer der Obstbörse ansprechen, damit er Parmaschinken und diesen Mozzarella für dich besorgt«, schlug ich vor. »Der ist immer offen für Neues.«

Ich erzählte Antoine von meiner ersten Kiwi. Vor zwei Jahren hatte Alfred Papa und mich beim Einkauf angesprochen, ob wir mal was ganz tolles Neues probieren wollten. Er hatte uns die Kiwi, die sagenhafte 1 Mark 50 kostete, angepriesen mit den Worten: »Kommt aus Neuseeland, ist voller Vitamin C und köstlich, die müsst ihr halb aufschneiden und auslöffeln!«

Papa, Lars und ich hatten das dann beim Abendbrot getan, und wir waren alle drei begeistert. Alfred hatte nicht zu viel versprochen.

Als meine Mutter noch lebte, erzählte ich Antoine weiter, hatte Alfred, ein ehemaliger Mitschüler von ihr, der früher für sie geschwärmt hatte, ihr auch immer eine besonders reife und süße Ananas oder ganz tolle, aromatische Tomaten aus Italien angeboten. Und meine Mutter hatte Alfreds adjektivgeschwängerten Avancen dann meist nachgegeben, nicht ohne bei den Äpfeln oder Weintrauben vorher zu fragen: »Die sind aber nicht aus

Südafrika?« Mama gehörte zu einer kleinen Gruppe innerhalb der Kirchengemeinde, der Anti-Apartheids-AG, die Handzettel nach dem Gottesdienst verteilte, auf denen oben stand »Kauft keine Früchte der Apartheid!«

Ich musste jetzt selbst lächeln, als ich mich daran erinnerte, damals hatte ich mich ein bisschen geschämt. Ich konnte mir einfach nicht vorstellen, dass der Boykott von Weintrauben und Äpfeln zu einer gerechteren Welt beitragen sollte, aber Mama erklärte mir die Zusammenhänge, und danach verstand ich es besser, dass man ein Regime nur bezwingen konnte, indem man ihm seinen Geldhahn zudrehte.

Ich vertraute Antoine außerdem noch an, dass ich als Mädchen beim Einkaufen immer genervt davon war, dass es überall von ehemaligen Mitschülern nur so wimmelte, die meine Mutter in ihrer Schulzeit angehimmelt hatten und es immer noch taten, obwohl alle inzwischen verheiratet waren. Wie sie um meine Mutter herumturtelten und in ihre Gesichter wieder so ein jungenhaftes Strahlen kam. Wie meine Mutter nett zu ihnen war, wirklich nett, aber sie auch immer wieder abblitzen ließ und darin sehr geübt zu sein schien, als hätte sie, seit sie dreizehn war, nichts anderes getan, als ständig irgendwelche Jungs nett abblitzen zu lassen. Sie war dann wieder diese blonde, sportliche Christiane Hansen, die sie mal gewesen war, der Schwarm vieler Kappler Jungs in den 50er-Jahren.

»Meine Tante behauptet immer, der Hochzeitstag meiner Mutter sei der Volkstrauertag der Jungs in Kappeln geworden.«

Antoine lachte. Und ich stellte fest, dass mir sein sympathisches Lachen so richtig ins Herz fuhr und mich für ihn einnahm. Konnte man sich in ein Lachen verlieben? Bei Henner war es mir damals in der *Eule* passiert.

»Ich glaube«, sagte Antoine, »so eine Frau gibt es in jeder Kleinstadt, bei uns in Quimper hieß sie Françoise. Alle Frauen haben sie gehasst. Wo Françoise auch auftauchte, wurden die Männer galant. Und du bist sicher, dass deine Mutter immer treu gewesen ist? Bei so vielen Verehrern?«

Er grinste, schien es aber nicht ganz ernst zu meinen.

Typisch Franzose, dachte ich, denken immer nur an das eine. Natürlich war meine Mutter Papa treu gewesen. Aber dann fiel mir ein, wie aufgeregt Mama immer vor den Abitreffen gewesen war, Hagen Blom wiederzusehen, nach all den Jahren, und dass sie sich für diesen Anlass meist ein neues Kleid gekauft hatte, als müsse sie ihn noch im Nachhinein überzeugen, als hätte sie noch eine offene Rechnung mit ihm. Er war Anwalt in einer Riesenreederei in Hamburg, mit einer zehn Jahre jüngeren Frau verheiratet. Und kam im Sportwagen nach Kappeln.

Am Tresen gingen die Biere mit Schnaps nur so weg, und wenn jemand zahlte, steckte er tatsächlich etwas vom Restgeld in das Blechschiff für die *Gesellschaft zur Rettung Schiffbrüchiger*, das auf der Zapfmaschine stand, und in das die Münzen scheppernd plumpsten.

Der Typ am Flipperautomat hatte endlich gewonnen und war, nachdem er seine Freispiele verflippert hatte, grußlos gegangen. Antoine erhob sich und ging rüber zur Jukebox, ich sah seine Nase im Profil, als er die Auswahl studierte. Mir gefiel, wie er dastand, seine Körperhaltung, sein In-der-Welt-Stehen und wie sich sein Hintern unter der Jeans abzeichnete. Ich kam mir dabei wahnsinnig oberflächlich vor, merkte aber, dass ich seit einiger Zeit immer öfter auf den Hintern der Männer achtete. Waren die inneren Werte nicht viel wichtiger?

Antoine warf jetzt ein Geldstück ein und drückte ein paar Tasten. Dann kam er zurück an den Tisch, zwinkerte mir sehr französisch und verschmitzt zu. Selten hatte ich mich über ein Zuzwinkern so gefreut, ihm schien unser Abend genauso gut zu gefallen wie mir.

»So, Lika, jetzt will ich das mit der Reservebank wissen. Was ist da vorgefallen?«

»Ach, ich habe vorletztes Jahr in der Kreisliga Volleyball gespielt, wir waren also eine recht gute Mannschaft, aber ich war im Team nicht gerade eine der Stärksten. Wir mussten immer am Wochenende ganz früh morgens mit einem Bus los und fuhren in die hintersten Ecken von Schleswig-Holstein, dann Aufwärmen, Aufstellung, ich war erst mal nicht dabei, aber hoffte natürlich, eingewechselt zu werden. Das wurde ich auch, aber inzwischen war ich schon wieder abgekühlt und steif und auch so aufgeregt, dass ich es meist verpatzte.«

Er nickte verständnisvoll. »Das Mädchen von der Reservebank war so sünde.«

»Ich hatte ja Mannschaftsgeist und feuerte sie mit an, aber je länger ich draußen saß, desto mehr kamen mir die Zweifel. Die Reservebank war eine Demütigung.«

»Eine Tortur für deinen Körper, der sich so gern bewegt, wie ich in der Lila Eule gesehen habe. Und was war nun mit diesem Mädchen aus der Lila Eule?«

»Als Silke letztes Jahr ihr Abitur machte, hatte sie Sport als Prüfungsfach, Volleyball. Sie hängte eine Liste mit Namen ans Schwarze Brett in der Schule, wer alles an dem Tag in der Turnhalle zu erscheinen hatte. Kein Bitte, kein persönliches Fragen. Ich las meinen Namen und dachte: Ihr könnt mich mal! Wenn ihr euer dämliches Abi macht, dann bin ich auf einmal gut genug!«

»Du warst sauer.«

»Ja, ich weiß, das war kindisch von mir. Wenn sie mich persönlich gefragt hätte, wäre ich vermutlich hingegangen. Hinterher hat sie mich zur Schnecke gemacht, wo ich abgeblieben wäre, es war ja ihr Abitur, ich hätte sie hängen lassen. Seitdem grüßt sie mich nicht mehr.«

Jetzt kam »Non, je ne regrette rien«, und ich fragte Antoine, ob das Lied vielleicht von der französischen Minderheit in Kappeln gewählt worden sei. Er meinte, es sei sehr schwer gewesen, irgendetwas zu finden.

Wir sprachen wieder über Essen und über typische Gerichte bei uns, ich erzählte ihm von Birnen-Bohnen-und-Speck, dem Nachtisch »Errötende Jungfrau«, den meine Oma Flensburg immer für mich machte, und von der schleswig-holsteinischen Salatsoße, mit Schlagsahne, Zucker und Zitrone, die perfekt war an heißen Sommertagen.

Da verzog Antoine abfällig das Gesicht.

»Nirgendwo sonst war es bisher in meinem Leben kulinarisch so düster wie hier.«

Dieser Satz verletzte mich.

»Du weißt, dass sich deine Kochkünste in Kappeln ganz schnell herumgesprochen haben, die Leute sind so dankbar, wenn einer mal richtig gut kocht, glaub mir.«

»Stimmt, ich sage mir auch immer, dass ich als Entwicklungshelfer arbeite. Aber die sind, im Gegensatz zu mir, gut bezahlt.«

»Hast du denn schon mit Fränki über eine Gehaltserhöhung geredet?«

Er nickte. »Er sagt, vielleicht ab Herbst. Aber weißt du was, Lika? Ich habe so viele andere besser bezahlte Angebote, dass ich wirklich keine Lust habe zu warten, bis dieser Geizkragen von Fränki mal in die Puschen kommt.«

»Was denn für Angebote?«

»Der Koch im Schliekrog wird vermutlich aufhören, und auf Sylt hat ein Bekannter von mir ein Hotel eröffnet und will mich unbedingt einstellen.«

»Oh, Sylt, wow. Und der Schliekrog ist ja *das* Feinschmeckerlokal hier oben. Eine meiner besten Freundinnen hat da gejobbt als Bedienung.«

Wie es Schlaksi wohl ging in Frankreich als Au-pair? Sie hätte Antoine sicher gefallen, von daher war ich ganz froh, dass sie sich gerade weit weg befand. Das Schlimmste an ihr war, dass sie eine sehr sinnliche Ausstrahlung hatte, aber sich dessen nicht bewusst war und es daher nicht ausspielte, und genau das machte manche Männer total verrückt. Wie Schlaksi umgekehrt wohl Antoine fände? Ich vermisste sie schon jetzt so sehr, dabei waren wir erst vier Wochen getrennt.

Antoine räusperte sich, und ich fühlte mich ertappt. Ich war in Gedanken abgeschweift.

»Na ja, mal sehen, was die Zukunft so bringt. Im Moment gefällt es mir hier ganz gut«, sagte er und sah mich an auf eine Weise, dass ich ganz kribbelig wurde. Dann legte er seine Hand auf meine und nahm sie nicht wieder weg. Vor der Brücke, nach der Brücke, vor dem Anfassen, nach dem Anfassen. Mir wurde heiß. Es war die erste Berührung, die dem Ganzen eine entscheidende Wendung gab.

Ich lächelte Antoine an.

»Wo wohnst du eigentlich?«

Er nahm seine Hand wieder weg. »Ich habe eine kleine Wohnung hier unten am Hafen, mit Blick aufs Wasser. Willst du sehen und noch mitkommen?«

Er hatte zwar den norddeutschen Maurerinfinitiv benutzt, und ich war hin und weg, trotzdem sagte ich, wenn auch ganz gegen meinen Willen, »heute nicht«. Er schien etwas enttäuscht, aber ich fand, dass das hier alles entschieden zu schnell ging, wir hatten uns ja noch nicht mal geküsst. Außerdem konnte ich das meinem Vater und Lars nicht antun, einfach so über Nacht wegzubleiben. Mein Vater war sehr tolerant, aber er wollte es vorher wissen, wenn ich nachts nicht nach Hause kam.

Jetzt betrat niemand anderes als Sven Johannsen, mein flüchtiger Schwarm aus der *Eule*, mit seiner Clique die *Fährschänke*, sie waren alle nicht mehr ganz nüchtern, das sah man sofort. Sven nickte mir freundlich zu, er sah eine Sekunde zu lang auf Antoine und schien sehr erstaunt, mich in diesem Laden anzutreffen. Ich hatte es im Laufe des Abends ja selbst total vergessen, dass ich hier in der legendären *Fährschänke* saß.

»Hattest du mit dem mal was?«, wollte Antoine wissen.

Ich schüttelte den Kopf und war doch erstaunt, dass selbst ein Fremder sofort zu spüren schien, dass es zwischen mir und Sven eine Art Verbindung gab.

Antoine blickte mir in die Augen, und ich wusste, dass er dort mehr sah, als ich zuzugeben bereit war. Aber ich hätte ihm ja schlecht sagen können: Ja, ich finde diesen Sven gut, interessant, er ist anders als die anderen, ich freue mich immer, wenn wir uns sehen, und bin eigentümlich berührt, mehr als bei anderen Jungs, aber er, er haut ja immer ab aus der *Eule* und ist nur in seiner Clique unterwegs, und so passiert nichts weiter, außer dass wir einmal im Jahr auf dem großen Schulball miteinander herrlich schwofen.

»Die sind aber alle ganz schön stoned«, sagte Antoine nur.

Ich konnte keinen Unterschied zwischen betrunken und bekifft erkennen, es sei denn die Leute waren sehr albern, dann war die Sache eindeutig. Sven und die anderen hatten sich in den Nebenraum begeben, und der Wirt schlurfte zu ihnen rüber. Sie waren zum Glück außer Sichtweite.

Antoine zahlte, und wir traten nach draußen. Es war immer noch warm, unglaublich. So ein irrer Sommer. Der Hafen lag jetzt ganz friedlich und fast menschenleer da, es war, als hätte die *Fährschänke* die letzten Nachtschwärmer aufgesogen und als schliefe der Rest der

Welt. Nur im Brückenwärterhäuschen brannte Licht. Die Schlei schwappte leise an die Butterdampfer und die Kaimauer und roch wie immer undefinierbar, nach Brackwasser und Meer. Nachts, so stellte ich erstaunt fest, war ihr Geruch ein anderer als tagsüber. Warum fehlten einem für Gerüche immer die Worte?

Wir gingen ein Stück, Antoine hatte ganz selbstverständlich seinen Arm um meine Schulter gelegt, ich spürte das Wildleder seines Blousons an meiner Wange, roch das Leder. Mein Herz schlug mir unter meinem geknoteten Shirt bis zum Hals. Dann blieben wir stehen und umarmten uns, sein Kopf auf meiner Schulter und meiner auf seiner. Ich sah die *Seute Deern* vor mir am Kai, die dicken Taue, am Poller festgemacht. Antoine streichelte mir über den Rücken, dann fasste er unter meine Haare und strich mir über den Nacken wie noch nie jemand zuvor. Mit einem leisen »ach, Lika« zog er meinen Kopf näher heran, und ich spürte, wie seine Lippen meine ganz sanft abtasteten, ein stummes Fragen, der Anfang von etwas.

8.

Offene Rechnungen

Ich hatte erst wieder am Montag Frühschicht im *Kakadu*, es war Schulanfang, und Papa war zu einer dreitägigen Sportlehrer-Fortbildung nach Malente aufgebrochen. Lars sollte bis Mittwoch bei Oma bleiben, und ich hatte den beiden vorgeschlagen, um halb eins zum Mittagessen in den *Kakadu* zu kommen, das wäre doch nett am ersten Schultag in der vierten Klasse.

Schon bald saßen die ersten Gäste draußen auf der Terrasse, noch war jedoch alles ganz entspannt. Die Standuhr innen schlug gerade elf und war bis nach draußen zu hören, als sich eine junge Frau, vielleicht so Mitte zwanzig, allein an einen Tisch auf der Terrasse setzte und bei mir ein Glas schwarzen Tee bestellte. Sie hatte ihren Bundeswehrrucksack, auf den das blaue Emblem mit der Friedenstaube genäht war, neben dem Tisch so abgestellt, dass ich fast drüber gestolpert wäre.

Sie trug eine Latzhose mit einem »Atomkraft-Nein-Danke«-Sticker und ein gebatiktes T-Shirt, ihre langen Haare hatte sie zu zwei Zöpfen geflochten, und sie sprach mit einem süddeutschen Singsang. Irgendetwas an ihr irritierte mich, ich wusste jedoch nicht sofort, was es war. Sie roch auf jeden Fall ungewaschen und nach Schweiß, als wäre sie schon länger unterwegs, vermutlich getrampt, denn ein Pappschild mit »Flensburg/Kopenhagen« lag neben dem Rucksack. Kam sie von dort oder wollte sie dort noch hin? Sie saß am äußersten Ende der Terrasse, schon fast um die Ecke vom *Kakadu,* und studierte die Karte sehr genau.

»Der Besitzer von diesem Laden, der heißt doch Frank Hoffmann, oder?«

»Ja, aber keiner nennt ihn so, alle sagen nur Fränki.«

Sie grinste spöttisch.

»Wie lange gibt es denn den Kakadu schon?«

Ich zuckte mit den Schultern.

»Keine Ahnung, schon immer irgendwie, aber vielleicht doch erst sieben, acht Jahre.«

»Und wie läuft der Laden so?«

»Das musst du Fränki fragen.« Allmählich wunderte ich mich etwas über dieses seltsame Gespräch.

Sie warf die Zöpfe zurück, Fränki trat gerade mit einem Tablett auf die Terrasse und ging an den großen Tisch, an den sich soeben eine Familie gesetzt hatte, um die Bestellung aufzunehmen und abzuräumen.

»Ich muss mal wieder«, sagte ich, »wenn Fränki meinen Job machen muss, gibt es Ärger.«

»Das ist also Fränkiii?«, fragte sie mich noch und musterte ihn neugierig. Ihre eigenartige Aussprache seines Namens machte mich stutzig, und dann dämmerte mir allmählich, was mich so irritiert hatte an ihr. Sie hatte genau dieselben blauen Augen wie Fränki, hatte seine Nase, ja auch die Wangen, und wenn man es genau nahm, saß da Fränki, nur mit langen dunkelbraunen

Haaren und als Mädchen. Und ungewaschen. Sie war seine Tochter, da gab es überhaupt keinen Zweifel. Aber er hatte doch immer behauptet, er habe keine Kinder.

»Ja, das ist er. Soll ich ihn herholen?«

Sie winkte ab, heftig.

»Nee, lass mal!«

Ich ging wieder rein in den *Kakadu* und fragte mich, was ich machen sollte. Fränki Bescheid sagen oder das Ganze den beiden überlassen? Als ich das nächste Mal auf die Terrasse trat, war der Tisch an der Ecke leer und der Rucksack verschwunden, nur das leere Teeglas stand noch da. Zeche geprellt, na toll. Und alle Zuckerwürfelpackungen mitgehen lassen, das hatte Fränki so richtig gern. Der Tee kostete zwar nicht viel, aber das blieb jetzt an mir hängen, und ich konnte ihn von meinen Einnahmen bezahlen. Wenn sie wirklich Fränkis Tochter war, dann durfte er mir bitte schön den Tee ersetzen, dachte ich wütend. Die Redewendung »mit jemandem eine Rechnung offen haben« wurde mir das erste Mal so richtig bewusst.

Antoine und ich, wir begrüßten uns im *Kakadu* wie immer mit zwei Küsschen. Wie sich das Ganze entwickelte, musste man ja auch erst mal sehen. Ich hatte jedenfalls das ganze Wochenende über in Bilitis-Weichzeichner-Softporno-Manier nur rumgeträumt, im Garten auf der Sonnenliege, in meinem Zimmer, und hatte mal wieder meine alte Kassette mit George Moustaki rausgekramt und mich im Französischen gesuhlt. Es war eine Sprache, die einen umarmte mit ihrem Klang. Das Land der Liebe, ich verstand, dass das Frankreich sein musste, auch nachdem ich bei dem Kuss mit Antoine fast den Verstand verloren hatte. Noch nie in meinem 19-jährigen Dasein und seit meinem ersten richtigen Kuss mit zwölf auf einem Heuboden hatte mich jemand so geküsst. Ich wusste ja gar nicht, dass es solche Küsse geben konnte. Mein ganzer Körper hatte bei diesem Kuss nach mehr verlangt, und es war nur meinen vernünftigen protestantischen Genen zu verdanken gewesen, dass ich danach aufs Rad gestiegen und brav nach Hause gefahren war. Aber genau das, was wir in der Nacht ausgelassen hatten, beschäftigte nun ununterbrochen meine Fantasie, und ich malte mir aus, wie es wäre, mit Antoine zu schlafen. Ich wollte es unbedingt.

Die Terrasse des *Kakadu* füllte sich an diesem schönen Tag Anfang August, und pünktlich um halb eins erschien Oma mit Lars an der Hand. Sein oranger Scout-Ranzen wippte auf dem Rücken. Ich umarmte die beiden, und nachdem sie sich gesetzt hatten, eröffnete ich Lars feierlich: »Heute bekommen im Kakadu alle besonderen Viertklässler zum ersten Schultag den Piratenteller mit gekaperten Seeräuber-Pommes geschenkt.«

Er reckte sich stolz, es war zu süß, wie man ihn mit solchen Sätzen wirklich fünf Zentimeter größer bekam.

»Hast du denn eine nette Klassenlehrerin?«

Er nickte.

»Frau Riewerts, d-die ist echt hübsch!«

Oma und ich grinsten uns an.

»Sie ist neu an der Grundschule, kommt von der Nordsee«, ergänzte Oma.

»Oma, was möchtest du denn gern essen? Guck mal, wir haben heute eine sehr leckere französische Fischsuppe im Tagesangebot!«

Oma rümpfte ihre Nase, schien sich einen Ruck zu geben, aber dann doch einzuknicken.

»Nee, du, Lika, wat de Buer nicht kennt ... ich nehm das Bauernfrühstück.«

»Und zu trinken?«

»Für mich ein Sprite und für dich, Lars?«, fragte Oma.

»Ein großes Spezi«, antwortete er.

Ich ging in die Küche und sagte Antoine, dass der Piratenteller für meinen Bruder sei, der heute seinen ersten Schultag in der vierten Klasse habe und das Bauernfrühstück für meine Oma. Er lächelte mich an, war aber gerade ziemlich im Stress. Andrea stand mit knallrotem Gesicht an der Fritteuse und schüttelte die Pommes fast wütend, schien mir. Ich war mir sicher, dass sie eifersüchtig auf mich war.

Zu allem Überfluss setzten sich ausgerechnet heute auch Sabine und ihre Mutter an einen Tisch neben Oma und Lars. Sabine bestellte bei mir »die berühmte französische Fischsuppe« und für ihre Mutter das Champignon-Rahmschnitzel mit Beilagensalat, diesen aber bitte mit einer süßen Salatsoße und nicht das Knoblauchdressing vom letzten Mal, das wäre ihrer Mutter gar nicht gut bekommen. Dummerweise gab ich ihren Wortlaut bei der Bestellung in der Durchreiche genau so wieder, und dass beides für Sabine mit Muttern sei.

Während ich auf der vollen Terrasse die Bestellungen

entgegennahm und Getränke brachte, beobachteten Oma und Lars mich ganz genau. Für Lars war ich jetzt, als arbeitende Schwester, die in einem Lokal bediente, sicher noch erwachsener als durch den Führerschein. Mein kleiner Bruder saß in einem neuen hellblauen Poloshirt neben Oma, die wieder eines ihrer geliebten Betrügerchen unter ihrem Häkelpullover trug. Mich versuchte sie auch seit Jahren zu überreden, mir ein Betrügerchen, einen Blusenkragen ohne Bluse, zuzulegen, den man einfach unter dem Ausschnitt trug. »Die sind so praktisch, Lika«, sagte sie, aber ich fand das einfach nur seltsam und aus einer anderen Welt, in der es noch Waschschüsseln auf Kommoden gab und man sich mit kaltem Wasser wusch. Oma hatte ihre Dauerwelle gerade frisch machen lassen und sah dann immer besonders omahaft aus, zudem tönte der Friseur sie mit einem leichten Lilastich, was ich nur aus Dänemark kannte. Sobald wir über die Grenze fuhren, trugen die Omis dort, allerdings viel intensiver, alle diesen Lilastich im weißen Haar. Es musste eine von der dänischen Regierung geförderte Haartönung geben, die Frauen ab 65 zustand und die sie alle in Anspruch nahmen oder die ihre dänischen Friseure ihnen ungefragt einfach ins Haar machten, eine Zwangstönung.

Omas altmodische braune Handtasche hing über dem Stuhl, und sie lobte Lars, der gerade aus Bierdeckeln einen Turm baute. Ich hatte ihm noch einen Extra-Stapel von drinnen mitgebracht. Bald darauf klingelte es in der Durchreiche, und ich sah, dass der Piratenteller eine XL-Portion Seeräuber-Pommes hatte, auf der mit rotem

Ketchup »4. Klasse« geschrieben stand, und auch das Bauernfrühstück war doppelt so groß wie üblich und wunderschön dekoriert, sogar mit einem kleinen Papierschirmchen, das in der Gewürzgurke steckte. Gerührt lächelte ich und brachte beides schnell raus an den Tisch. Oma und Lars bekamen große Augen.

»Na, der Koch meint es aber gut mit uns«, sagte Oma nur.

»Woher weiß d-der Koch, d-dass ich in die 4. Klasse gehe?«, fragte Lars, und ich strich ihm vorne durch sein Haar.

»Weil ich es ihm verraten habe.«

Sabine lauschte schmallippig am Nachbartisch. Sie und ihre Mutter trugen das gleiche großgeblümte T-Shirt in Pastellfarben, sie gingen tatsächlich im Partnerlook, worüber ich mich gar nicht einkriegte. Vermutlich war das Shirt bei *Meyborg*, unserem Textilladen in Kappeln, ein Sonderangebot gewesen, oder aber es gab sie im Doppelpack billiger. Da sowohl Sabine als auch ihre Mutter so füllig waren, dass Hals, Busen und Bauch eine Einheit bildeten, fragte ich mich, ob es unter Dicken vielleicht den falsch gemeinten Rat gab, großgemusterte Sachen zu tragen, weil das angeblich schlanker machte. Neulich hatte Sabine ein Sommerkleid mit breiten Querstreifen getragen, und Biggi und Fränki hatten sie drinnen am Tresen auf »Streifen-Bine« getauft.

Kurz darauf brachte ich den beiden Blumenkindern die Fischsuppe und das Schnitzel und wünschte Ihnen einen guten Appetit. Sabine war zwar vor meiner Zeit dagewesen, aber sie schien mich trotzdem nicht zu mögen, vielleicht weil ich jetzt dort arbeitete, wo sie früher gewesen war, weil ich nun Teil des *Kakadu* war und die Gerichte ihres Nachfolgers an die Tische brachte. Ich ging wieder rein, um am Tresen bei Fränki Getränke abzuholen, stellte alles aufs Tablett und eilte wieder raus. Im Balancieren war ich nicht gerade eine Wucht, mir waren seit dem ersten Arbeitstag schon zwei Tabletts mit Getränken krachend heruntergefallen. Das war jedes Mal nicht nur total peinlich, sondern auch viel Arbeit, die Bescherung wieder wegzumachen. Und Fränki guckte dann total genervt, aber sagte nichts.

Sabine rief mich mit knallrotem Gesicht und Flecken am Hals zu sich an den Tisch, sie röchelte fast und ihr Glas mit dem Riesenspezi war bereits leer getrunken. Da sei viel zu viel Chili an der Suppe, beschwerte sie sich, und ich stutzte, von Chili war nie die Rede gewesen bei der Fischsuppe. Und der Beilagensalat sei völlig überzuckert, sie habe zwar eine süße Soße bestellt, aber doch nicht so was. Für Diabetiker sei das lebensgefährlich. Ihre Mutter nickte zustimmend. Mir dämmerte, was passiert war.

»Ich will sofort Fränki sprechen!«, sagte Sabine.

»Alles klar, ich hol ihn.«

Drinnen rief ich Fränki auf meinem Weg zur Küche zu, dass Blümchen-Bine sich bei ihm beschweren wolle, und Fränki rollte mit den Augen. Dann klingelte es dreimal laut an der Durchreiche, und diesmal war das ich. Augen eines Unschuldslamms unter unschuldiger weißer Kochmütze sahen mich an.

»Antoine, was hast du gemacht!?«

Er grinste breit und sehr zufrieden, und seine schiefe Nase wurde dabei noch schiefer, dann begann er zu lachen. »Selten hat es mir so einen Spaß gemacht zu kochen!«

Jetzt tauchte Fränki hinter mir auf und sagte tonlos zu Antoine: »Los, Chefkoch! Mit rauskommen!«

»Oh, oh«, machte Andrea im Hintergrund.

Antoine trottete hinter Fränki her auf die Terrasse, und weil ich ahnte, dass es jetzt zum Showdown kommen würde, ging ich mit raus.

Antoine stand vor der knallrot angelaufenen Sabine, über dem Pastell-T-Shirt fiel das noch mehr auf, sie hatte Schweißperlen auf der Stirn und wies mit dem Zeigefinger immer wieder auf ihre Suppe. Die ganze Terrasse wurde Zeuge dessen, was nun kam.

»Ich habe kein Chili bestellt, sondern eine französische Fischsuppe«, sagte sie mit schriller, leicht zittriger Stimme, und ich dachte nur: Lebensregel! Eine Beschwerde immer mit ruhiger und tiefer Stimme vorbringen.

»Das Rezept variiert von Tag zu Tag«, erwiderte Antoine, »mal ist die Suppe etwas schärfer und mal ist sie etwas sahniger, mal ist etwas Alkohol dran, mal mehr Dill, mehr Zitrone. Sie haben heute den Tag der scharfen Französischen Fischsuppe erwischt.«

»Ja, aber ich kann kaum mehr schlucken, und es ist einfach verdammt viel Chili dran, davor muss man doch auf der Karte warnen!«

»Ich werde ja auch nicht vor meinen Gästen gewarnt, wieso sollte ich meine Gäste vor mir warnen?«

Antoine verschränkte die Arme.

Nun hob die Mutter von Sabine an: »Also, die Salatsoße ist völlig überzuckert, und warum dann auch noch Rosinen dran sind …«

»Ihr wolltet doch eine süße Salatsoße, ihr zwei Süßen! Was beschwert ihr euch denn jetzt? Kann der liebe Antoine es euch denn nie recht machen?«

»An der Rahmsoße ist zu viel Alkohol, wo wir schon mal dabei sind«, fuhr Sabine fort, und ihre Mutter nickte zustimmend.

»Über Geschmack lässt sich streiten. Oder sage ich etwa, dass auf deinem hässlichen T-Shirt zu viele hässliche Blumen sind?«, fragte Antoine.

Sabine japste, jetzt aber nicht mehr wegen des Chilis, doch Antoine drehte sich um und lächelte Oma und Lars an.

»Schmeckt es Ihnen wenigstens?«

Oma legte geschmeichelt ihr entzückendstes Omalächeln auf, das ich schon manchmal an ihr beobachtet hatte, wenn sie tatsächlich ein kleines bisschen flirtete, total süß omimäßig. »Das ist das beste Bauernfrühstück, das ich je gegessen habe!«

»Freut mich«, sagte Antoine.

»Aber eine sehr reichliche Portion«, ergänzte Oma.

»Und du bist in der vierten Klasse seit heute?«, fragte Antoine nun Lars, dessen Mund mit Ketchup-Flecken eingerahmt war und der immer noch an seiner XL-Portion laborierte. Lars nickte stolz und lächelte, so süß, dass auch Antoine sich sofort in ihn zu verlieben schien, und ich konnte wieder mal beobachten, dass mein kleiner

Bruder bei fast allen Erwachsenen einen Beschützerinstinkt auslöste.

»D-d-die P-P-Pommes sind echt lecker!«, sagte Lars, und ich stand da und dachte: Ich kann ihn nicht hier zurücklassen! Scheiß auf Theaterwissenschaft und eigenes Leben, ich geh nicht weg zum Studieren, bis mein Bruder größer ist. Vielleicht stellt Fränki mich ja richtig ein im *Kakadu.*

Antoine lächelte Lars an.

»Danke für das Kompliment, junger Mann. Ich wünsche dir ein erfolgreiches Schuljahr und dass du immer nur die hübschen Lehrerinnen abbekommst, nichts spornt einen mehr an!«

Dann ging Antoine mit erhobener Haube wieder rein in die Küche, und Fränki versuchte die Beleidigung mit dem T-Shirt und überhaupt das ganze Malheur wieder gut zu machen: »Sabine, hör mal, ihr müsst heute nichts zahlen, das ist doch klar, geht alles aufs Haus, auch die Getränke, darf ich dir noch ein Spezi ausgeben?«

Wer Fränkis Geiz kannte, der wusste, wie schwer ihm das fallen musste. Ich dachte wieder an die junge Frau vom Vormittag, das Ausfragen nach dem *Kakadu*, das schon so verdächtig war. Der liebe Fränki hatte eine Tochter. So wie sie mich gefragt hatte, war klar, dass sie von ihm wusste, aber er vermutlich nichts von ihr. Noch nicht. Dem lieben Fränki stand vielleicht schon bald eine Überraschung ins Haus. Ich beschloss, mit Biggi zum Schichtwechsel über die Sache zu sprechen.

Den ganzen Nachmittag pfiff Antoine fröhlich in der

Küche, es war kaum auszuhalten, wie gut gelaunt er war, nachdem er Sabine endlich mal die Meinung gegeigt hatte. Fränki war zwar sauer auf ihn, aber beließ es bei einer Ermahnung, dass so was nicht noch einmal vorkommen dürfe. In solchen Momenten wurde deutlich, dass er früher mal Sozialarbeiter gewesen war.

Oma und Lars waren nach dem Essen wieder abgezogen, Oma machte ja immer eine Mittagsstunde, und Lars durfte währenddessen Playmobil spielen. Er liebte diese kleinen Plastikfiguren, die ich einfach nur furchtbar hässlich fand. Wenn man ihn belauschte, bekam man mit, wie er oft unsere Familie von früher nachspielte, auch Mama lebte als kleine Matrone mit breiten Schultern und blonden Zöpfen fort, und offensichtlich taten ihm diese Spiele gut. Mich wunderte nur, dass er bei diesen Szenarien keine große Schwester hatte, sondern eine kleine und sich selbst als großen Bruder sah. Was ein Psychologe wohl dazu sagen würde? Ich vermutete jedoch, dass ich in der blondzopfigen Boxer-Mamafigur mit drin war, denn manchmal sagte diese auch Dinge, die ich gesagt haben könnte.

Biggi kam mit ziemlich schlechter Laune zur Arbeit, sie hatte einen Anwaltstermin gehabt und dazu ihr gutes Sakko mit den breiten Schulterpolstern angezogen. Außerdem hatte sie irgendwas mit den Haaren gemacht, sie offensichtlich mit Haargel gestylt, doch bei der Hitze sah die Frisur jetzt ziemlich matschig aus. Sie war geschminkter als sonst, hatte von dem hellblauen Lidschatten auch noch was unter die Augen getan, wie Agnetha von ABBA. Ihr Aussehen war eine Mischung aus aufgetakelt und ramponiert zugleich. Sie meinte nur kurz am Tresen, dass ihr der Anwalt schon allein wegen seiner Honorare schlechte Laune mache.

»Lika, bevor der den Mund aufmacht und während er noch den Knoten seiner Krawatte richtet, ist mein Sparschwein schon leer!«

Ich wusste nicht, was ein Anwalt pro Stunde verdiente. War das so viel?

Ich hielt Biggi einen Bierdeckel hin.

»Zerreißen hilft!«

Da lächelte sie mich müde an.

»Na los, stell dir vor, das ist der Anwalt oder am besten, das ist Helge. Und nun wollen mir mal sehen und kriegen den zerfetzt.«

Da griff sie mit einem tiefen Seufzer zum Bierdeckel und zerriss ihn kraftvoll in der Mitte, diese Stücke dann wiederum und grinste mich dabei breit an.

»Und?«

»Superidee, Fräulein Ich-geh-sowieso-bald-studieren!«

Fränki war oben in seiner Wohnung verschwunden, um sich zu duschen und für den Abend zurechtzumachen, ich erzählte Biggi zur weiteren Aufmunterung vom Showdown zwischen Antoine und Sabine.

Biggi musste lachen. »Ach Lika, das hast du so anschaulich erzählt, ich sehe die zwei Blumenshirts XXL genau vor mir. Aus dir wird sicher ein guter Theaterwissenschaftsstudent.«

Ehrlich gesagt, hatte ich keinen Schimmer, was ich da genau studieren würde. Es hatte im Studienführer irgendwie interessant geklungen, auf jeden Fall viel interessanter als alles andere und auch nach weniger hartem Studium, mehr nach Spaß als nach Ernst, das hatte mich vermutlich am meisten überzeugt. Tief in mir drin steckte eine faule, sehr bequeme Lika, die sich beim Studium auf keinen Fall übernehmen wollte.

Dann erzählte ich Biggi noch von der jungen Frau vom Vormittag, die die Zeche geprellt hatte, von ihren seltsamen Fragen nach dem *Kakadu* und nach Frank Hoffmann, und dass sie Fränki wie aus dem Gesicht geschnitten war.

Biggi stutzte.

»Hm, du meinst, sie ist eine uneheliche Tochter von ihm?«

»Er sagt doch immer, er hat keine Kinder. Vielleicht weiß er gar nichts von ihr. Sie hatte einen süddeutschen Akzent.«

Biggi musste grinsen.

»Tja, kommt öfter vor, als man denkt, das mit den unehelichen oder außerehelichen Kindern und Kuckuckskindern. Gerade in der Gastronomie kriegst du das nachts am Tresen immer alles erzählt. Männer, die zweifeln, ob sie wirklich die Väter ihrer Kinder sind, oder die dir erzählen, wo sie noch alles Kinder gezeugt haben. Tja, vielleicht ist der liebe Fränki Vater, ohne es zu wissen. Dann bin ich hier ja wohl nicht die Einzige, die von ihrer Vergangenheit eingeholt wird.«

»Meinst du, ich soll ihn vorwarnen?«

Biggi überlegte einen Moment, dann schüttelte sie den Kopf.

»Nee, vielleicht kommt sie nie wieder. Vielleicht wollte

sie ihren Papa nur einmal gesehen haben. Da wollen wir den lieben Fränki mal nicht zu sehr aufregen. Das müssen die unter sich ausmachen. Also, behalt es für dich.«

»Ja, gut. Hast recht.«

»Und nun ab in den Feierabend, Lika!«

Ich ging in die Küche, Andrea war gegangen, und Antoine probierte gerade an einer Buttermilchkaltschale herum. Er hatte mitbekommen, dass das hier oben ein beliebtes Gericht war, vor allem bei Hitze, und wollte die Buttermilchkaltschale nun etwas aufmotzen, ihr seinen französischen Chefkochstempel aufdrücken. Ich sollte probieren.

Die Kaltschale war angedickt, aber anders als sonst, und er hatte Zitrone und echte Vanille verwendet, die Früchte hatte er püriert. Die in Rum eingelegten Rosinen hatten es im wahrsten Sinne in sich. Die Kaltschale schmeckte köstlich, so ähnlich wie bei Mama oder Oma, aber, das musste ich zugeben, noch um Klassen besser. Raffinierter.

»Schmeckt großartig. Da kommt ja eigentlich noch Schwarzbrot ran.«

»Ja, ich habe mir überlegt, dass ich das Schwarzbrot in Rum einlege und nicht die Rosinen. Die Variante probiere ich morgen mal. Du hast Feierabend?«

Ich nickte.

»Und? Schon was vor?«

Ich schüttelte den Kopf. »Meine Freundinnen sind alle im Urlaub.«

Er sah mich an, so direkt, dass ich ganz rot wurde.

»Ich mache heute früher Schluss, habe ich mit Fränki

besprochen. Wollen wir segeln gehen? Ich kann das Boot von einem Freund leihen.«

»Segeln?«

»Ist ne kleine Holzjolle. Sagen wir um acht am Segelclub?«

»D'accord.«

Ich bekam zwei Küsschen und ging. Mit dem Rad sauste ich nach Hause, duschte und zog mich für den abendlichen Törn an, nahm noch einen Pulli und eine Jacke mit. Ich überlegte, ob ich mich schminken sollte, aber fand das fürs Segeln nicht angemessen. Dafür machte ich mir zwei Zöpfe, damit die Haare gebändigt waren. Ich zögerte, ob ich die Zahnbürste einpacken sollte. Und den Verhütungsschaum.

9.

Vor dem Wind

Ich war ab und zu als Vorschoterin bei anderen mitgesegelt, ich besaß keinen Schein und keine besondere Begabung dafür, mochte es aber sehr, auf dem Wasser zu sein. Am liebsten segelte ich daher mit Unehrgeizigen, einfach nur entspannt die Schlei rauf oder runter, das war genau mein Ding, aber natürlich segelten wir niemals abends los, sondern tagsüber. Der heutige Törn war daher für mich eine neue Erfahrung.

Antoine hatte den Holzpiraten mit Namen *Daisy* schon aufgetakelt, als ich an den Steg kam, und schlug vor, einfach einen kleinen Schlag Richtung Arnis zu machen. Er trug Jeans, Turnschuhe und wieder sein bretonisches Shirt und hatte einen dunkelblauen Wollpullover um den Hals geschlungen, der ihn wie einen echten Seebären aussehen ließ.

»Herrlich, die frische Luft«, sagte er, »ich liebe meinen Beruf, aber den ganzen Tag in der Küche stehen, das ist einfach nicht gesund.«

»Na, heute Mittag bist du ja endlich mal rausgekommen auf die Terrasse«, neckte ich ihn.

»Weißt du was, Lika? Ich erinnere mich null an den Dialog, es kommt mir alles vor wie in einem Kiffertraum.

Zwei sagenhaft dicke Frauen, die in wahnsinnig hässlichen T-Shirts steckten mit riesengroßen Blüten darauf, das war so sünde, auch noch im Partnerlook!« Er schüttelte den Kopf. »Den Laden, der so was verkauft, den müsste man verklagen, da kriegt man ja Augenkrebs.«

Dann legten wir ab, das heißt, ich machte die Leinen von den Pollern los und stieß uns rückwärts ab, er saß an der Pinne. Langsam zogen wir uns aus der Box, an den Pfählen vorbei, und dann waren wir auf der Schlei. Hier in der Ecke roch es immer nach dem Milchpulver der Nestléfabrik. Von der Terrasse des Segelclubs guckten ein paar Leute, die vor ihren Bieren saßen, neugierig rüber. Einige kannte ich vom Sehen und von den großen Segelclub- und Hafenfeten, die ich im Laufe der letzten zwei Jahre meist gemeinsam mit Henner besucht hatte. Es war immer ein Riesenschwof, erst vor ein paar Wochen hatten wir in einer großen Werfthalle in Arnis mit zweihundert Leuten den Ententanz gemacht, zur Polonaise von Blankenese getanzt und laut mitgegrölt: »Jetz ged es loos, mit ganz großen Schridden, där Hermann fasst där Heidii von hinten an die … Schuuultern!« So viel Geschmacklosigkeit im Pulk war verbindend. Ich erinnerte mich noch genau, die Stimmung war dank viel Alkohol super; auch ich hatte an dem Abend *Cola-Rum* getrunken und gleichzeitig neben mir gestanden und mich gefragt: Was machen wir hier, bitte schön?! Gestandene Rechtsanwälte und Immobilienhändler, reiche Kaufleute und Schiffsbesitzer aus Hamburg imitierten mit den Ellenbogen Flügelschläge, gingen mit dem Hintern wackelnd in die Hocke und watschelten als Entchen. Und weil allen das Ungeheuerliche ihres Tuns klar war, ging ein hysterisches Kichern und Lachen durch die feiernde Menge, das nichts anderes als die Scham verdecken sollte. Ich schloss mich da absolut mit ein.

Es war nicht viel Wind, vielleicht zwei Windstärken, und nachdem wir das Großsegel hochgezogen hatten, segelten wir ganz langsam los. Der Wind kam von der Seite, das war immer sehr angenehm, fand ich. Ich machte es mir bequem, Antoine steuerte, und es schien, als hätte er in seinem Leben nie etwas anderes gemacht. Ich mochte Segler, die ihr Boot im Griff hatten, sie imponierten mir. Auch die Jungs, die in Neoprenanzügen mit ihren 470ern auf der Schlei rumkreuzten und bei starkem Wind elegant im Trapez standen, bewunderte ich heimlich. Ich fand es beeindruckend, wie sie ihre kleinen Jollen durch den Wind manövrierten, voll ins Risiko gingen. Sie kenterten natürlich auch mal, dann kletterten sie auf das Schwert, drehten das Boot, und es ging weiter, mit nassen Haaren, die in der Sonne glitzerten, als wäre das Kentern kein Scheitern, sondern nur eine kurze Randnotiz, als gehörte es vielmehr dazu. Das Kentern hatte eher etwas von einem Ritterschlag. Doch von solch sportlichem Segeln waren wir gerade weit entfernt.

Der lauschige Wind strich in die Segel, die Abendsonne schlug Funken auf der Schlei, und die farbigen Tonnen leuchteten umso mehr, aber es war jetzt ein sanftes Leuchten, ihr Rot und Grün hatten sich in warme Farben verwandelt. Das Schilf am Ufer war zu Gold gesponnen, und ich fragte mich, warum ich bisher noch nie abends gesegelt war. Mir musste keiner sagen, wie schön meine Heimat war, ich wusste es, hatte es schon immer gewusst. Und so sehr ich mich auf mein Studentenleben freute und darauf, was Neues von der Welt zu sehen, so weh tat mir das Herz, all das hier bald verlassen zu müssen. Die Schlei mit ihren verwunschenen Nooren und den Schilfgürteln wurde nie langweilig, bis Schleswig hin zeigte sie sich immer wieder neu. Mal breiter wie ein Riesensee, dann schmaler wie ein Fluss. Aber genau das war sie nicht, sie war kein Fluss, sondern ein Meeresarm, ein Fjord, der von Schleswig bis nach Schleimünde reichte und dort in die Ostsee mündete. Die Schlei hatte sich während der Eiszeit gebildet, ich fand den Gedanken faszinierend, dass es sie schon immer gegeben haben musste. Als ich klein war, hatten wir auch in ihr gebadet, aber inzwischen tat das kaum mehr jemand. Dafür war die Ostsee zu nah, und die Wasserqualität der Schlei hatte durch die Unmengen von Dünger auf den umliegenden Feldern gelitten.

Sie war nicht im besten Zustand, das wussten wir alle von Weißbier-Claus, einem Stammgast im *Kakadu*. Er hatte den Bericht des *Club of Rome* gelesen und zeichnete immer besonders düstere Zukunftsvisionen, den deutschen Wald hielt er dank des sauren Regens für bald erledigt. Weißbier-Claus erzählte von den Blumenkohlgewächsen am Maul der Fische, die man aus dem Rhein zog, der vollkommen vergiftet war. Claus war Berufsschullehrer, Junggeselle und nicht sehr sympathisch. Er kam immer mit dem Fahrrad, gab wenig Trinkgeld und gehörte zur Mittwochsskatrunde, die seine ewigen

Monologe zum Treibhauseffekt auch nicht mehr ertragen konnte. An anderen Abenden kam er meist allein, seine Litaneien schreckten alle etwas ab. Fränki hörte ihm zwar immer wieder geduldig zu, aber manchmal sagte auch er: »Claus, es ist auch nicht gesund, den ganzen Tag den Weltuntergang zu predigen, jetzt lass mal gut sein! Du verschreckst mir ja meine Gäste.«

»Segeln deine Eltern auch?«, fragte Antoine.

»Nein, haben sie nie getan. Meine Mutter war ja so schwer mit allem möglichen beschäftigt und dann mit ihrem Garten, da war für nichts anderes mehr Platz.«

»Wie lange ist das denn her, dass sie gestorben ist?«

Er sah mich mitfühlend an.

»Im Oktober sind es vier Jahre, da hatte sie den Autounfall. Sie hat einem Laster die Vorfahrt genommen.«

Antoine schüttelte Kopf, sichtlich geschockt.

»War sie sofort tot?«

Ich nickte.

»Wie alt?«

»Achtunddreißig.«

»Und wie alt warst du da?«

»Gerade sechzehn und Lars war fünf.«

»Stottert dein Bruder seitdem?«

Treffer, versenkt. Ich wünschte, ich hätte die Frage einfach über Bord werfen können, ins Meer des Nichtwissenwollens, des Verschweigens, so wie sie alle zum Kriegsende ihre Hakenkreuzabzeichen und militärischen Orden der Schlei übergeben hatten. Aber nun hatte Antoine sie gestellt.

»Nein, er hat auch schon vorher manchmal gestottert,

weil unsere Mutter ja ständig irgendwo unterwegs war und die Welt retten musste.«

Es war das erste Mal, dass ich es jemandem gegenüber aussprach. Vielleicht weil es Antoine war, ein Fremder, der irgendwann wieder von hier verschwinden würde. Vielleicht weil ich selbst bald verschwand. Es kam in mir etwas hoch, das ganz dunkel war und mächtig. Das Tabu, über eine Tote schlecht zu denken und zu reden. Ich atmete tief die immer so milde Schleiluft ein.

Antoine sah mich an. »Hunger?«, und als ich nickte, forderte er mich auf, aus der Segeltasche ein Päckchen herauszuholen.

Ich war sprachlos. Frikadellen und Hähnchenflügel waren darin, Fischbouletten, zu allem noch zwei Soßen, in kleine Gläser abgefüllt, ein paar Scheiben Baguette und ein Stück Käse, dazu Servietten und ein Taschenmesser. Er hatte sich richtig Mühe gemacht für unser abendliches Picknick. Eine Flasche Weißwein war auch dabei und zwei echte Gläser. Das hatte Stil.

»Wollen wir irgendwo anlegen und dann essen?«

Ich nickte. Wir waren bereits an der *Schleiperle* vorbeigesegelt, deren blauer Anstrich im Abendlicht leuchtete, und befanden uns hinter Arnis.

»Hauptsache, der Wind schläft nicht ein, sonst müssen wir zurückpaddeln.«

Wir zogen die Segel runter, dann machten wir an einer gelben Tonne fest. Antoine streifte sich seinen dunkelblauen Wollpullover über, ich war schon längst in meinen Pulli geschlüpft.

Antoine öffnete die Flasche Weißwein und zeigte mir

das Etikett, auf dem »Entre deux Mers« stand. »Ich finde, das ist doch das Passende für ein Picknick mit einem Mädchen aus Schleswig-Holstein, dem Land zwischen den zwei Meeren!«

Ich freute mich, dass es einen Wein gab, der so hieß, dachte aber in dem Moment, dass ich mich noch mehr als ein Mädchen »entre deux temps« fühlte. Dieser Sommer war eigenartig, ein Lebensabschnitt war zu Ende, und der neue hatte noch nicht begonnen. Und irgendwo zwischen diesen beiden Zeiten hing ich fest, die alte Lika, die Schülerin, gab es nicht mehr, und die neue Lika war noch nicht geboren.

Antoine schenkte die zwei Gläser halb voll, und wir stießen mit einem »Santé!« an. Ich schmeckte den Wein auf meiner Zunge, er war genau mein Geschmack, wobei ich nicht hätte sagen können, was genau mein Geschmack war. Mir fehlten die Vokabeln, um Wein beschreiben zu können, und ich dachte, dass einem eigentlich ziemlich oft nicht nur in einer Fremdsprache, sondern auch in der Muttersprache die richtigen Worte fehlten, um etwas zu beschreiben. Irgendwo hatte ich mal gelesen, dass die Eskimos für Schnee Hunderte Vokabeln hatten, für die Beschaffenheit des Schnees. Wir hatten hier vielleicht mehr Ausdrücke für Regen, jedenfalls hatte ich mich in meinem Regentagebuch immer wieder bemüht, Regen möglichst genau zu beschreiben. Graupelschauer, Landregen, Pladderregen. War er schwach, stark, sanft, hart, kühl. Es gab einen »Naturlocken-Regen«, der meine Haare total kraus werden ließ, und einen »Schönheitsmasken-Regen«, feiner Niesel, der den Teint durchblutete und rosig aussehen ließ.

Nachdem er den Wein gekostet hatte, schnalzte Antoine mit der Zunge. »Schön trocken und nur leicht fruchtig, sehr gut!« Als Koch war er natürlich Fachmann für Geschmacksnuancen.

Dann aßen wir all die köstlichen Sachen komplett auf, dazu gab es noch mal ein halbes Gläschen Wein. Nicht mehr, wir mussten ja noch zurücksegeln, und das Boot war geliehen. Als wir alles wieder weggepackt hatten, legte Antoine seinen Arm um mich und zog mich zu sich heran. Wir küssten uns, das erste Mal seit dem Freitagabend am Hafen, und es war wieder ganz anders. Jetzt war es einfach nur ein langer, zärtlicher und eher tastender Kuss, der Kuss von zwei Menschen, die sich vergewisserten, ob alles noch seine Gültigkeit hatte. Der Kuss war weniger leidenschaftlich als vielmehr rückversichernd, ob die zwei Zungen sich noch verstanden. Und ja, das taten sie. Ich dachte in dem Moment, dass ein erster Kuss natürlich wahnsinnig wichtig und entscheidend war, aber viel, viel wichtiger war der zweite. Küssen in einer Jolle war unbequem, alles schwankte, und immer stieß man irgendwo an. Nach diesem langen Kuss sahen wir uns einfach nur in die Augen, und ich spürte, dass ich verliebt war.

»Lass uns zurücksegeln«, schlug Antoine vor.

Wir zogen die Segel wieder hoch und machten uns von der Tonne los. Netterweise hatte der Wind statt abzuflauen etwas aufgefrischt und gedreht, sodass wir vor dem Wind zurücksegeln konnten, immer das Allerschönste. Man musste nicht viel tun und flog dahin.

»Zeigst du mir heute deine Wohnung?«, fragte ich, als der Hafen in Sichtweite war, und Antoine sagte sichtlich erfreut: »Wie gut, dass ich vorhin noch aufgeräumt habe.«

Ich sah eine leere Weinflasche auf einem Tisch, Gläser, einen Kerzenständer, ich sah Kleidung auf dem Boden, die Küchenzeile. Ich sah den Nachthimmel durch das Fenster, und je nach Position sah ich aber auch nur Antoine auf mir und unter mir, sah Augen, Nase, Mund, Haut, hörte sein Keuchen und Stöhnen, mein eigenes und wie er immer wieder meinen Namen sagte, fordernd, bettelnd, sanft, jauchzend. Mir war bis dahin nicht klar, wie viele Nuancen ein Name haben konnte. Es war ein Unterschied, ob man mit einem großen Jungen wie Henner schlief oder mit einem erfahrenen Mann. Mit einem Mann, der Koch war und Genießer, mit einem Mann, der halber Franzose war und der schon mit vielen Frauen vor mir Liebe gemacht hatte. Ihnen verdankte ich letztlich meinen Zustand, ich war die letzte in einer Reihe von glücklichen Frauen, dachte ich, als wir später Arm in Arm dalagen unter dem Laken, das Antoine bei der Hitze als Decke benutzte, was ich sehr französisch fand. Um die Verhütung hatte er sich gekümmert, in seiner Nachttischschublade lag eine große Packung Kondome.

Der Sex mit Antoine war wie vor dem Wind Segeln gewesen. »Faire l'amour« – »baiser quelqu'un« – »Voulez-vous couchez avec moi?« Die Worte dafür hatten wir im Französischleistungskurs natürlich nicht gelernt, es war ja viel realistischer, auf einen französischen Soziologen zu treffen, mit dem man sich über die Jugendarbeitslosigkeit austauschte, oder auf einen Stadtplaner, mit dem man das Problem der Staus und der Luftverschmutzung in Paris diskutierte. Dass man es als ein einfaches Mädchen einfach mit einem leistungswilligen Bretonen trieb und dafür drei Vokabeln zum Thema Verhütung gebraucht hätte, zwei für Kosenamen oder ein kleines schmutziges, antörnendes Wort, das war im Lehrplan für Französisch nicht vorgesehen. Ich musste schmunzeln bei dem Gedanken an eine alternative Aufgabe fürs schriftliche Abitur in Französisch, die ich beim Kultusministerium in Kiel einreichen würde für die nächsten Abijahrgänge, nur so als Vorschlag.

Luc und Brigitte haben sich in einem Bistro kennengelernt und wollen jetzt das erste Mal miteinander schlafen. Verfassen Sie, unter der korrekten Verwendung des Subjonctif, einen Dialog zwischen beiden, in dem die wichtigen emotionalen, aber auch die praktischen Aspekte verhandelt werden!

Antoine zündete sich einen Joint an, den er mit viel Hingabe gebastelt hatte. Sein Gras steckte in einer kleinen Blechdose. Er rauchte den ersten Zug, inhalierte, dann bot er ihn mir an, aber ich lehnte ab. Ich rauchte ja nicht, war voller Glückshormone und einfach nur total satt und zufrieden. Zudem hatte ich die wenigen Male, die ich was mitgeraucht hatte, nicht viel gespürt, außer dass mein Mund trocken wurde.

»Ist ein super Zeug«, pries Antoine es an, »das beste aus der ganzen Gegend!«

»Ach, das freut mich, dass in der kulinarischen Wüste wenigstens gutes Gras wächst.«

»Du bist ganz schön empfindlich. Wehe, man kritisiert deine Heimat.«

»Stimmt«, sagte ich und wurde selbst nachdenklich, »das nehme ich immer persönlich.«

Mir fiel ein, dass auch meine Oma und meine Mutter es gar nicht gut abkonnten, wenn jemand, zum Beispiel meine Tante Gesine, etwas Abfälliges über Kappeln oder unsere Gegend sagte.

»Na ja, ich mag es auch nicht, wenn man die Bretonen unterschätzt«, gab Antoine zu.

»Woher hast du denn das Gras?«

Er zögerte einen Moment, dann sah er mich an. »Kannst du ein Geheimnis für dich behalten?«

Ich nickte und hob die Hand zum Schwur. »Großes Indianer-Ehrenwort.«

»Von Biggi. Sie hat auf ihrem Dachboden eine Plantage, wo sie es anbaut. Es ist wirklich das heißeste Gras nördlich von Suez.«

»Von Biggi? Biggi dealt!?«

»Nein, Biggi dealt nicht.« Er grinste. »Sie pflanzt es an und schenkt es einem dann, gegen eine Spende.«

Die Grüne Witwe. Mir fiel wieder das Gespräch mit Biggi ein über ihre Schulden. Vermutlich wusste sie sich nicht anders zu helfen. Helge hatte ihr Leben versaut, sich verdrückt und sie mit allem allein zurückgelassen. Biggi war am Arsch.

»Aber was, wenn das auffliegt?«

»Dann gibt es Ärger. Deswegen müssen natürlich alle total dichthalten. Und du auch.« Antoine nahm erneut einen tiefen Zug, behielt den Rauch in seinem Mund. Dann stieß er ihn wieder aus.

»Biggi mag dich sehr. Sie hat mir gedroht, dass sie mir die Nase bricht, wenn ich dir wehtue.«

Ich staunte, dass Biggi das getan hatte, und war gerührt. Antoine rauchte den Joint nur halb auf, machte ihn dann vorsichtig im Aschenbecher auf seinem Nachttisch aus. Unter dem Laken reckte sich schon wieder etwas nach oben, und ich konnte nicht leugnen, dass mir das schmeichelte. Und ja, ich nahm es persönlich.

10.

Ein Herz für Kinder

Antoine verhielt sich morgens leise und gab mir einen Kuss zum Abschied mit den Worten: »Schlaf ruhig aus, Lika! Zieh einfach die Tür hinter dir zu.«

Er musste zur Arbeit, ich schlief noch ganz wohlig eine Runde, bei der ich mir sein Kopfkissen schnappte. Es roch nach ihm und ganz leicht nach Tabak, und als ich das nächste Mal aufwachte, zeigte der Wecker halb zehn. Ich sah mich um, bei Tageslicht. Es war ein Raum, in dem das breite Bett, in dem ich lag, an der Wand und der Esstisch mit drei Stühlen vor dem Fenster stand; auf dem Tisch befand sich noch die leere »Entre deux Mers«-Weißweinflasche und die Gläser vom Vorabend. An der Wand seitlich war eine Kochnische, mit einem Herd, einer Spüle, einem Kühlschrank. Nebenan gab es ein kleines Bad mit Klo und Dusche. Es war eine Einzimmerwohnung, aber hatte alles, was man brauchte.

Ich zog mich an und trat ans Fenster, öffnete es weit und lehnte mich hinaus. Unten war das normale Treiben am Hafen, Schlangen mit Touristen und Rentnern am Zoll und vor den Butterdampfern, etliche Reisebusse, die sie aus ganz Norddeutschland herkutschiert hatten, standen kreuz und quer, und es herrschte Chaos.

Um die Fischkutter weiter links flogen kreischende Möwen. Die Schlei leuchtete petrolblau in der Vormittagssonne. Jeden Tag wolkenloser Himmel und Sonne, Sonne, Sonne, das war absolut ungewöhnlich hier oben. Das Azorenhoch meinte es wirklich gut mit uns dieses Jahr. Es roch nach Fisch, nach Diesel, nach August, Sommer und freiem Tag.

Ich beschloss, auf dem Rückweg bei der Bäckerei frische Brötchen zu kaufen und zu Hause im Garten zu frühstücken. Da fiel mir ein, dass ich das Gießen am Vorabend total vergessen hatte. So ein Mist! Das war das Einzige, worum Papa mich eindringlich gebeten hatte. Da musste ich am Abend aber doppelt so viel wässern. Na ja, die Blumen würden es schon überleben.

Es war seltsam, unser verlassenes Haus in der Känguruh-Siedlung aufzuschließen und zu wissen, dass an dem Tag auch niemand mehr kam. Papa war ja sonst immer da, er hatte uns seit Mamas Tod noch nie allein über Nacht im Haus gelassen. Es war die erste Fortbildung seit Langem, die er mitmachte, wahrscheinlich tat es ihm ganz gut, mal rauszukommen.

Ich machte mir in der Küche einen Kaffee und schmierte mir mein Brötchen und das Croissant, das ich mir heute gekauft hatte. Immerhin hatte ich einen französischen Liebhaber! Duschen mochte ich mich noch nicht, ich wollte diese besondere Nacht noch nicht von mir abspülen. Dann setzte ich mich auf die Terrasse und sah in den Garten, die Rosen ließen ihre Blüten etwas hängen, aber ansonsten waren die Blumenbeete okay. Die Farbe des Rasens war irgendwo zwischen hellgrün und gelb, da Papa ihn selten sprengte, und er roch nach vertrocknetem Rasen morgens um zehn. Mamas Gemüsegarten sah schlimm aus, und ich nahm mir vor, mit Papa darüber zu reden, ob wir die Beete nicht endlich umgraben sollten. Ich guckte mich um, sah Mamas Garten vier Jahre nach seiner Anlage. Papa hatte etwas übernommen, was nicht seins war. Das merkte man.

Dann fiel mir wieder ein, wie ich im Juni nach dem bestandenen Abi und dem letzten Schultag nachmittags hier gesessen hatte. Der Himmel war bedeckt gewesen, es sah nach Regen aus, und ich hatte einfach nur den Gartenstuhl mitten auf den Rasen gestellt, der da noch grasgrün war. Mai und Juni hatte es durchaus noch viel geregnet, und der Sommer hatte ganz normal norddeutsch begonnen. Ich hatte in den Garten gestarrt und war einfach nur unendlich traurig gewesen. Etwas war vorbei, unwiederbringlich, ich würde jetzt bald mein Zuhause verlassen, meine Heimat, all die Freundinnen ziehen lassen, von denen ich einige doch erst vor drei Jahren in der Oberstufe gewonnen hatte. Viele Abschiede standen bevor. Ich konnte mich nicht freuen. So sehr ich mich danach gesehnt hatte, dass die Schule vorbei sein würde, und so gern ich auch endlich weggehen und was von der Welt sehen wollte, in dem Moment war da einfach nur eine große Leere, und mir war absolut nicht nach Feiern zu Mute.

Unsere erste Abifete in einer Scheune stand bevor. Ich musste an Mama denken und wie sehr sie mir fehlte. Wie hätte sie sich über mein gutes Abi mit mir gefreut, wie stolz wäre sie gewesen. Ich wäre mit Mama und Papa gemeinsam auf den Abiball gegangen, der bereits im Mai gewesen war, und nicht allein. Denn Papa hatte mir gesagt, dass er es leider nicht schaffe, mich zu begleiten, ich solle ihm bitte verzeihen. Schlaksi und ihre Eltern hatten mich dann mit an ihren Tisch genommen, und ich bewunderte, wie ihre Eltern miteinander ganz altmodisch Foxtrott und Charleston tanzten, dabei aber so jung wirkten, als wären sie wieder Mitte zwanzig und verlobt. Henner war nicht gekommen, obwohl er es versprochen hatte, und auch mein schulterfreies Kleid aus Seide hatte den Ball nicht retten können, der Abend war für mich ein Desaster gewesen. Vermutlich hatte es niemand bemerkt, denn ich hatte gelacht, getanzt und geflirtet, Sekt getrunken und Witze gerissen, alles wie immer. Nur Schlaksi hatte mich mit ihren klugen Augen einmal über den Tisch hinweg angeguckt; ihr konnte ich wie immer nichts vormachen.

Als ich mich an jenem Nachmittag endlich aufgemacht hatte zur ersten Abifete und mit Papas Passat auf den Hof von Peter Jacobsen fuhr, kam mir Schlaksi reichlich angeschickert entgegen. Die Fete war ja schon länger im Gange. Sie winkte mir zu, und ich war völlig irritiert. Ich hatte meine Freundin noch nie so gesehen, ich erlebte sie das erste Mal betrunken, und dieses leicht Gewöhnliche daran passte absolut nicht zu ihr oder zu meinem Bild von ihr.

Erst als wir später zu »99 Luftballons« alle tanzten und laut mitsangen, jede Zeile dieses seltsamen Liedes, das mit seinem »völlig unlogischen Kiffertext«, wie Henner mal gesagt hatte, unsere Ängste und unser Lebensgefühl so gut ausdrückte, da war auch meine Verstimmung vom Nachmittag verflogen. Das Tanzen rettete mich wie immer, aber auch das gemeinsame Feiern mit meinen Freundinnen war dann doch sehr schön. Wir feierten unser Abi, das Ende unserer Schulzeit, dass wir bestimmte Lehrer endlich los waren und nie mehr von ihnen drangsaliert würden, wir feierten die Freiheit, unsere Freundschaft und Zuneigung zueinander, und wir feierten eine uns in diesem Moment noch unbekannte Zukunft, von der wir uns aber viel versprachen und erhofften.

Ich hatte erst wieder am Mittwoch Schicht im *Kakadu*, Frühschicht, und ich begrüßte Antoine mit zwei Küsschen in der Küche. Jemanden das erste Mal nach einer gemeinsamen Nacht wiederzusehen gehörte immer zu den schlimmsten und aufregendsten Momenten. Antoine schien sich zu freuen, mich zu sehen, war aber gerade damit beschäftigt, Andrea zu erklären, wie sie das Gemüse zu schneiden hatte. Es gab mir einen kleinen Stich, dass nach der Nacht nichts weiter kam, andererseits wollte ich auch nicht, dass wir im *Kakadu* groß Thema waren. Eines aber fiel ab jetzt weg, und das irritierte mich zutiefst. Antoine nannte mich an der Durchreiche nicht mehr »schöne Frau«, nun, da er mit mir geschlafen hatte, war das wohl hinfällig geworden.

Die von mir getaufte »Feinschmecker-Fruchtkaltschale mit beschwipstem Brot« stand ab sofort ganz oben auf der Tageskarte und war neben dem hausgemachten Kartoffelsalat mit Fischbouletten oder Bratfisch der absolute Renner. Die Leute wollten bei der Hitze nichts Warmes essen. Kurzum, die französische Fischsuppe sowie das »schöne Frau« fielen weg, als hätte es beides nie gegeben.

Es war seltsam, jetzt bei der Arbeit im *Kakadu* immer wieder den Mann zu sehen, mit dem ich diese so besondere und leidenschaftliche Nacht verbracht hatte, und gleichzeitig so zu tun, als wäre nichts. Ein Pokerface zu machen. Ich konnte das zwar, aber es war anstrengend, und ich war froh, als ich nach einer sehr stressigen Mittagsschicht mit voller Terrasse und ohne Biggi, dafür mit einem nervösen Fränki im Nacken am Nachmittag früher gehen durfte. Es war ab zwei Uhr totenstill im *Kakadu*, jetzt waren die meisten am Strand, und Fränki schickte mich um halb drei nach Hause. Auch Antoine hatte frei bekommen und war einkaufen gefahren in den Großmarkt. Wir hatten uns an dem Tag gar nicht richtig gesehen und uns auch nicht voneinander verabschiedet, und ich fragte mich, ob ich mir das zwischen uns alles nur eingebildet hatte und ob da aus seiner Sicht vielleicht gar nicht viel passiert war? Nachdenklich fuhr ich durch die menschenleere Stadt, die in der Mittagshitze was von einer Westernstadt hatte, nach Hause.

Als ich an unserem Haus ankam, stand hinter Papas Passat ein roter Golf in der Auffahrt mit Flensburger Kennzeichen und dem Aufkleber »Ein Herz für Kinder«. Papa war zurück, und wir hatten Besuch. Mir war dieser BILD-Aufkleber total suspekt, ich hatte ihn von Anfang an als Armutszeugnis empfunden. Was war das für ein Land, in dem sich Menschen gegenseitig auf ihren Blechkarossen versicherten, dass sie Kinder liebten und sogar bereit waren, im Straßenverkehr auf sie Rücksicht zu nehmen, ja, auch für sie zu bremsen?! Vielleicht war mir aber auch nicht der hässliche Aufkleber an sich suspekt, sondern die Menschen, die ihn sich ans Auto klebten, abgesehen davon, dass sie vermutlich BILD-Leser waren.

Ich ging nicht vorne durchs Haus, sondern am Carport vorbei gleich nach hinten Richtung Terrasse, weil ich von dort Stimmen hörte. Genaugenommen hörte ich vor allem eine Stimme, eine hohe, weibliche.

»Na, du bist ja lustig!«, sagte die Frauenstimme, jemandem schmeichelnd.

Ich mochte die Person zu der Stimme schon jetzt nicht.

Als ich um die Ecke bog, guckten Papa, Lars und eine Frau mit Föhnfrisur wie Farah Fawcett aus »Drei Engel für Charly« ganz erstaunt, weil ich so überraschend auftauchte und keiner mich gehört hatte.

»Lika!« Lars sprang auf und umarmte mich.

Ich ging, weil es sich so gehörte, auf die Frau zu, die auf Mamas Stuhl vor Mamas Rosen saß, als wäre es das Selbstverständlichste von der Welt, und reichte ihr, meinen Bruder noch halb auf der Hüfte, die Hand.

»Moin!«

»Lika, das ist Susanne Petersen, eine alte Schulfreundin von mir aus Flensburg, wir haben uns bei der Fortbildung wiedergetroffen. Susanne, das ist Lika.«

»Moin.« Sie reichte mir ihre eheringlose Hand, die Fingernägel waren rot angemalt. Eine Sportlehrerin mit Föhnfrisur und roten Fingernägeln!

»Dein Papa hat schon von dir erzählt.« Sie lächelte mich an, aber ich spürte sofort, dass das Lächeln weniger mir als Person galt, sondern vor allem Papa zeigen sollte, dass sie ein Herz für Kinder hatte.

»Ach, ja?«, kam es matt meinerseits.

Ich stand unter Schock. Sie saß vor den Rosen, die sich dank meines Feuerwehreinsatzes am Vorabend auch wieder in voller Pracht aufgerichtet hatten. Sie saß auf dem Stuhl unserer Mutter, lachte, schäkerte, schickte immer wieder in Richtung Papa ein Lächeln, das mich sofort ahnen ließ, dass es auf der Fortbildung eindeutig zu mehr gekommen war. Die pietätlose Tussi saß auf dem Geistergedeck, ich hätte ihr dafür am liebsten eine Ohrfeige verpasst. Am meisten irritierte mich jedoch, dass Lars und Papa das überhaupt nicht zu stören schien. Sie hatte den Platz unserer Mutter eingenommen, eine dahergelaufene Sportlehrerin aus Flensburg!

»Hol dir doch einen Becher, Lika, es ist noch Kaffee da.« Papa zeigte in Richtung Thermoskanne auf dem Tisch.

»Okay«, sagte ich und ging in die Küche. Dort hielt ich mich an der Arbeitsplatte fest und atmete tief durch. Dann öffnete ich den Kühlschrank und steckte kurz meinen Kopf hinein, das machte ich immer, wenn ich nicht weiterwusste. Papa hatte eine alte Schulfreundin wiedergetroffen, die er schon von früher kannte, ja, war das nicht perfekt? Sie war also sein Alter, sie kam wie er aus Flensburg, war auch Lehrerin, sie mochte ihn offensichtlich. Ich zog meinen Kopf wieder heraus, schloss die Kühlschranktür, dann nahm ich mir eine Tasse aus dem Schrank und ging an Mama auf dem Kaminsims vorbei wieder raus und setzte mich auf den freien Stuhl.

Lars hatte Susanne inzwischen seinen Zauberwürfel gegeben. Nun sollte sie ihn lösen, und sie drehte das Ding knack, knack mit ihren roten Fingernägeln, als hätte sie ihn erfunden. Wir drei guckten ihr erstaunt zu, dann lächelte Papa mich an. »Susanne ist Mathelehrerin.«

»Wie war denn eure Fortbildung?«, fragte ich.

Beide kicherten wie Teenies, was mich jedoch vor allem bei Papa irritierte. So hatte ich ihn noch nie gehört.

»Sehr brennballlastig«, sagte Susanne und schickte einen lasziven Blick zu Papa rüber. Dann drehte sie noch zweimal den Zauberwürfel, hatte ihn gelöst und gab ihn Lars. Mein kleiner Bruder strahlte sie bewundernd an.

»Brennball als gute Möglichkeit für die Kinder, Stress abzubauen«, ergänzte Papa im süffisanten Ton, und es war klar, dass die Fortbildung total bescheuert gewesen war und nichts gebracht hatte. Zumindest nichts für den Sportunterricht.

»Keine Ahnung, für was alles Brennball noch gut ist, wir haben einige Lerneinheiten geschwänzt und waren Schwimmen im See«, sagte Susanne und nahm einen Schluck Kaffee.

»Bausteine, Susanne, es waren Lernbausteine«, korrigierte Papa sie, und die beiden prusteten los.

Und auch wenn ich die Tatsache, dass sie nicht den ganzen Mist mitgemacht hatten, bemerkenswert fand, irgendetwas war an dieser Frau, was mich verstörte. Vielleicht weil sie so ein ganz anderer Typ war als unsere Mutter? Lars jedenfalls schien begeistert von Susanne Petersen zu sein. Er mochte »Drei Engel für Charly« und zurechtgemachte Frauen.

»Wann spielen wir denn endlich Krocket?«, dibberte er.

»Gleich, lass uns noch in Ruhe den Kaffee austrinken«, sagte Papa und fuhr Lars durch die Haare. Das tat er sonst nie, und mir war klar, dass er jetzt vor Susanne einen auf besonders lieben Papa machte. »Du kannst ja schon mal einen ganz schwierigen Parcours aufbauen für Susanne und mich!«

Na prima, ich war also schon ausgeschlossen. Hätte aber eh nicht mitspielen wollen. Ich musste den ganzen Schock noch verdauen.

»Lika, wir wollten nachher noch grillen.«

»Hm, weiß noch nicht, hab etwas Kopfweh, ich leg mich erst mal hin.«

»Kannst du dir ja noch überlegen, wir haben genügend Würstchen eingekauft«, sagte Papa und sah mich auf so eindringliche Weise an, dass ich eine Gänsehaut bekam. In seinem Blick steckte die Aufforderung »Vermassel es mir bitte nicht!«, und ich spürte in dem Moment, dass ihm diese Susanne wirklich etwas zu bedeuten schien. Papa hatte sich verliebt, eine neue Frau saß auf der Terrasse, und wäre es nicht alles so überraschend gekommen, hätte es mich vielleicht auch nicht so überfordert.

»Du hast Post, liegt auf der Treppe«, sagte Papa, und ich ging rein.

Ankes Schrift erkannte ich sofort. Sie hatte mir eine Postkarte geschrieben, und ich freute mich riesig darüber. Wenn sie wüsste, was hier inzwischen alles passiert war! Wie gerne hätte ich mit ihr in Ruhe irgendwo geredet. Ich konnte ihr immer alles erzählen, und es gab nichts, was wir uns nicht anvertrauten. Ich ging auf mein Zimmer und schmiss mich aufs Bett. Dann ließ ich die Begrüßung mit Antoine in der Küche am Vormittag Revue passieren, diese Distanz. Hatte er mich jetzt abgeschrieben, nachdem er mich rumgekriegt hatte?

Ich wusste im Grunde, dass das Quatsch war, dafür hatte er sich zu viel Mühe gegeben. Unser zufälliges Treffen in der *Eule* fiel mir wieder ein, das Prickeln, das in der Luft lag, unser Abend in der *Fährschänke*, der völlig irre Kuss am Hafen. Ich dachte an den Segelabend und das köstliche Picknick, an die anschließende Nacht bei ihm und den Sex, der so frei gewesen war. Ich hatte mich ganz neu entdeckt in jener Nacht, als würden andere Seiten in mir geweckt, als Begehrende und Begehrte. Bei Antoine hatte ich erlebt, wie machtvoll und lustvoll zugleich alles sein konnte, es hatte einfach ganz andere Dimensionen gehabt als bisher. Und ich fragte mich, ob ich später spontan bei ihm vorbeifahren sollte, hatte aber irgendwie das Gefühl, dass das keine so gute Idee war, ihn einfach zu überfallen. Noch war er sicher im *Kakadu* am Kochen und Vorbereiten, und ich hätte ihn dort erreichen können, aber auch davon hielt mich etwas ab. Fränki würde ans orangefarbene Telefon hinterm Tresen gehen, das selten klingelte, und ich hatte keine Lust zu sagen: »Fränki, hi, hier ist Lika. Kann ich bitte Antoine mal kurz sprechen?«

Dann sah ich wieder diese Susanne vor mir, auf Mamas Stuhl, wie sie den Zauberwürfel ganz nebenbei ratzfatz löste. Das Farah-Fawcett-Mathe-Ass passte doch gar nicht zu Papa! In Gedanken hörte ich meine Mutter, die mich oft ermahnt hatte, Menschen nicht nach ihrem Äußeren zu beurteilen. Scheiß drauf, Mama, dachte ich in diesem Moment, wonach denn sonst?! Das Äußere war doch nicht nur das Äußere. Wenn jemand das Volumen seiner Haare dank Föhn, Rundbürste und Festiger verdoppelte, dann sagte das durchaus etwas über die Person aus. Oder sich die Fingernägel signalrot lackierte. Oder wie ich einen Atomkraft-Nein-Danke-Sticker an den Schlitz eines Kleides steckte. Oder sich wie Peter eine Miniplidauerwelle machte. Oder wie Fränki immer eine schwarze Lederweste trug. Oder wie Biggi die Stehkragenrüschenbluse oben offen ließ.

Mein Blick fiel auf das kleine Püppchen auf meinem Bücherregal, das Mama mir damals aus Schweden von ihrem Chorfestival mitgebracht hatte. Ein Kind in blauer Tracht mit knallbunten Borten und schwarzer Hose, vielleicht zehn Zentimeter groß. Ehrlich gesagt fand ich das Püppchen damals etwas zu wenig als Mitbringsel für das Ausmaß meines Leidens. Am meisten hatte ich mich natürlich darüber gefreut, dass meine Mutter wieder da war, braun gebrannt und mit ein paar Sommersprossen auf der Nase. Sie trug ihr helles Haar offen, als sie aus Schweden kam, und es wirkte dadurch noch blonder, vielleicht auch im Kontrast zur Bräune. Ein Kleid hatte Mama sich in Schweden gekauft, das ihr toll stand, ein schlichtes hellblaues Leinenkleid mit Trachtenborten abgesetzt. Die Reinigung in Kappeln hatte es ihr jedoch im selben Sommer noch versaut. Ich war dabei, als sie es abholte, weil ich ihr nach ihrer Rückkehr aus Schweden immer überallhin folgte wie eine Konrad-Lorenz'sche Graugans. Mama und die Besitzerin der Reinigung, Frau Tilitzki, stritten sich, wessen Schuld es war, dass diese rote Eintrittskarte aus der Tasche des Kleides nicht entfernt worden sei und bei der Reinigung eine unschöne Verfärbung hinterlassen hatte, ausgerechnet vorne im Schoß war der rosa Fleck. Frau Tilitzki behauptete, dass die Kunden die Taschen zu leeren hätten, und meine Mutter, dass die Reinigung das überprüfen müsste! Selten hatte ich Mama so aufgebracht erlebt, und ihre Stimme kippte fast, als sie sagte, sie hätte das Kleid extra in Fachhand geben wollen und dann passiere so was. Mama hatte Tränen in den Augen, ich erkannte sie gar nicht wieder. Es war doch nur ein Kleid, aber sie hatte es sich für die Aufführungen des Chores gekauft, für ihr Solo, und es schien, als hätte ihr die Kappler Reinigung mehr als nur das Kleid ruiniert.

Das Püppchen mit der Tracht erinnerte mich immer an diesen Sommer damals, als Mama mir auch die vielen neuen Lieder mitbrachte, wir sie gemeinsam sangen oder sie mir ihr »Summertime«-Solo vortrug. Mama war so fröhlich gewesen, und auch die Ehe meiner Eltern wurde nach Schweden wieder besser. Davor hatten sie sich oft gestritten und, noch schlimmer, immer öfter angeschwiegen, und ich war voller Sorge gewesen.

Ich öffnete das Fenster, weil es stickig war in meinem Zimmer, von unten drangen Stimmen zu mir herauf. Zwischen dem Klock-Klock der Schläge hörte ich immer wieder das Lachen dieser Susanne, ein Lachen, das meinem Vater zeigen sollte, dass sie genau die Richtige war für ihn. Ich hörte Lars, den Verräter, der mit Susanne rumalberte und, wie mir auffiel, kaum stotterte. Susanne imitierte gerade eine Roboterstimme, neugierig stand ich auf und guckte runter. Ich staunte nicht schlecht. Sie tat so, als spielte ein Roboter Krocket, ging steif und zackig und machte ungelenke Schläge, und wenn sie danebenschoss, sagte sie abgehackt und monoton: »Zu-weit-dane-ben, Pro-gram-mier-ung-muss-op-ti-miert-wer-den!« Papa und Lars lachten, und auch ich musste grinsen, ganz gegen meinen Willen.

Dann ging ich zurück und schmiss mich wieder aufs Bett, verschränkte die Arme vor der Brust. Tränen liefen mir über die Wangen, und ich wischte sie gar nicht erst weg.

Ich war abgemeldet, Papa und Lars hatten beide einen neuen Schwarm.

11.

Keine Heilige

Fränki hatte sich beim Heben eines Bierfasses einen Hexenschuss geholt und musste kürzertreten. Biggi übernahm wieder den Tresen und die paar Leute drinnen, ich die Terrasse. Am Tresen saß nur Peter, auf seinem Stammplatz an der Wand, er hatte heute besonders viel intus und redete ganz aufgelöst mit Biggi. Ich bekam nur Bruchstücke mit, die aber reichten aus. Offensichtlich hatte er sich über den OTTO-Katalog ein Frauenkleid bestellt, und seine Mutter hatte das Paket geöffnet und ihn zur Rede gestellt.

»Hör mal, deine Mudder darf aber nicht deine Pakete öffnen!«, regte Biggi sich auf, und er gab ihr recht.

Erst hatte er noch gelogen, dass er es für sie bestellt hätte, doch seine Mutter nahm ihm das nicht ab. Da hatte er sich ihr anvertraut, dass er manchmal lieber eine Frau wäre.

»Na, ist doch vielleicht gut so«, sagte Biggi. »Da kannst du dem OTTO-Versand ja fast dankbar sein, jetzt weiß sie endlich Bescheid. Und wie hat sie reagiert?«

Sie hätte zu ihm gesagt, er habe schon als Junge lieber mit Puppen gespielt und so sei das nun mal. Er dürfe das Kleid ja auch abends heimlich in seiner Wohnung tragen oder zum Turnerfasching. Aber auf keinen Fall in der Öffentlichkeit, und der Vater dürfe es nicht erfahren.

»Da hat sie natürlich recht, Peter. Du kannst unmöglich in Frauenkleidern durch Kappeln gehen.«

»Biggi, ich will mich nicht immer verstecken, ich will mich als Frau auch zeigen!«, wimmerte er verzweifelt, doch als er mich sah, verstummte er und nahm einen Riesenschluck Bier. Peter trank manchmal ein halbes Glas in einem Schluck, nicht gerade sehr feminin.

Biggi sah nur kurz zu mir rüber. »Lika weiß Bescheid, Peter. Sie hält dicht.«

Er nickte mir zu, und ich lächelte ihn, unter Frauen, solidarisch an.

Antoine und ich hatten uns zu Schichtbeginn und unter dem bösen Blick von Andrea wieder mit zwei Küsschen begrüßt. Als ich später an der Durchreiche ein Jägerschnitzel holen sollte, bat er mich kurz in die Küche. Kaum war ich drinnen, zog er mich zu sich und küsste mich, ich war völlig überrascht. Andrea war vermutlich draußen zum Rauchen. Er drängte mich in die Ecke hinterm Kühlschrank, fasste mir mit beiden Händen an den Hintern und drückte mich an sich, dann streichelte er meine Brüste durch die Bluse hindurch und küsste meinen Hals; ich war so erregt und hätte am liebsten weitergemacht, einfach im Stehen, schnell und heftig. Dass das Jägerschnitzel in der Durchreiche warten musste, törnte mich zusätzlich an.

Plötzlich hörten wir Biggis Stimme. »Lika?!« Dann sahen wir ihre Dauerwelle in der Durchreiche. »Ach nee«, kam es. Keiner in ganz Angeln konnte »ach nee« so sagen wie Biggi. Sie schnappte sich den Teller mit dem Jägerschnitzel und rauschte damit ab.

»Oh, oh«, sagte Antoine nur. Dann flüsterte er in mein Ohr, ob ich später noch kommen wollte. Ich nickte, zog mir meine anständige Bluse wieder anständig zurecht und verließ die Küche.

Biggi kam muksch von der Terrasse herein. »Lika, deine Gäste an Tisch 10 wollen noch zwei große Flens. Die Terrasse ist dein Bereich, Fräuleinchen, nicht meiner, ich habe wirklich genug zu tun.«

»Tschuldigung«, sagte ich kleinlaut. Ich kam mir vor wie eine Verräterin.

Ab jetzt gab ich mir besonders Mühe, um Biggi an dem Abend nicht noch einmal zu enttäuschen. Schließlich war Fränki krank, und wir beide mussten den Laden schaukeln, und eigentlich waren wir doch ein gutes Team. Peter zahlte und ging, heute voll wie eine Haubitze. Allmählich leerte sich die Terrasse.

Ich versuchte vom orangefarbenen Telefon neben dem Tresen meinen Vater anzurufen, doch es war besetzt. Vermutlich telefonierte er mit Farah Fawcett in Flensburg! Schließlich erreichte ich ihn.

»Papa, hier ist Lika, ich wollte dir nur sagen, dass ich heute Nacht nicht nach Hause komme.«

»Okay, und wo bist du?«, fragte er. Er wusste ja nichts von Antoine, und ich hatte keine Lust, es ihm jetzt hier am orangefarbenen Telefon im *Kakadu* zu erklären. »Hm – ähm – ich wollte nur Bescheid geben, damit du dir keine Sorgen machst.«

»Gut, aber morgen holst du Lars von der Schule ab, wie ausgemacht?«

»Klar, dabei bleibt es.«

»Ich leg dir den Autoschlüssel hin.«

»Gute Nacht.« Ich legte auf. Ich war volljährig. Ich durfte übernachten, wo ich wollte.

Mit dem Rad sauste ich den Dehnthof runter und musste dann voll bremsen, um nicht in die Schlei zu fahren. Ich bog um die Ecke, schloss mein Rad ab und blickte hoch zur Wohnung von Antoine. Das Fenster war erleuchtet. Ich drückte auf seine Türklingel. A. Léroc, er hieß tatsächlich Léroc wie die Familie, die mich bei sich aufgenommen hatte im Lehrbuch. Bon soir, je viens, tu viens, il vient ... nous venons, vous venez, ils viennent.

Ich hatte das ganze Verb durchkonjugiert, da öffnete sich oben das Fenster, und Antoine warf mir mit einem »Hallo, Lika! Fang!« seinen Schlüssel runter.

Als ich oben ankam, begrüßte er mich in Schürze an der Tür, und es roch sagenhaft gut nach Knoblauch und Fisch.

»Ich habe uns was Kleines gekocht, ein Mitternachtsmahl.«

Auf dem Herd standen ein großer Topf und eine Pfanne, und im Backofen leuchtete es auch, es schien, als würde da ein Blech mit Keksen backen.

»Setz dich doch.«

Der Esstisch war gedeckt mit zwei Tellern und Gläsern, Antoine schenkte mir ein Glas Weißwein ein, dann goss er die Spaghetti ab und gab das aus der Pfanne darüber. Es waren Meeresfrüchte der Schlei, wie er mir erklärte. Neuerdings hatte er die besten Kontakte zu einem Fischer unten am Hafen, der ihm immer frisch vom Kutter Ware verkaufte. Es schmeckte so gut, wie mir Spaghetti beziehungsweise Fisch noch nie geschmeckt hatten. Alles ging eine Verbindung miteinander ein, und der Knoblauch gab dem Ganzen noch zusätzlich Pep. Es war ein Essen, das in den *Schliekrog* oder nach Sylt passte, dachte ich in dem Moment, behielt es aber für mich. Der Weißwein war perfekt dazu, haute aber auch ganz schön rein bei mir. Antoine schien sich einfach nur riesig zu freuen, wie gut es mir schmeckte.

»Jetzt hast du so rote Wangen wie nach dem Liebemachen. Das ist doch sehr schön zu sehen, wie gut es dir schmeckt, Lika! Ich sollte mich öfter mal den Gästen gegenübersetzen.«

»Und was ist da noch im Ofen?«, fragte ich, als der Wecker klingelte.

Er holte ein Blech mit Plätzchen heraus, die rund und sehr flach waren.

»Das sind ganz besondere Kekse, vor denen muss ich warnen! Die haben es in sich.« Er grinste. »Du rauchst ja nicht, da dachte ich, ich verarbeite mein kleines Stück Dope, das ich noch hatte, mal so.«

Er hatte tatsächlich Haschkekse gebacken. Für mich. Während sie abkühlten, machte er uns einen leckeren Kaffee, dann aßen wir dazu einen der Kekse. Dass sie wirkten, merkte ich daran, dass ich Antoines Pupillen wie unter einem Vergrößerungsglas ganz genau betrachtete und ihre Abstufungen sah, ihr Braun und Schwarz und Grün. Als er mich streichelte, war ich wie elektrisiert, jede noch so zaghafte Berührung fühlte sich zigmal stärker an als sonst. Beim Küssen hatte ich das Gefühl, dass wir nur aus Lippen bestanden, Zungenwesen waren. Dann glitt seine Zunge über meinen inzwischen nackten Körper. Ich hatte aber keinerlei Erinnerung daran, dass wir uns ausgezogen hatten; wir waren auf einmal nackt, und jede Berührung war so intensiv, dass ich ausflippte, und ich sah in Antoines Augen, dass ihn das noch mehr antörnte. Alles war so leicht und frei, im wahrsten Sinne hemmungslos, jegliche Kontrollinstanz außer Gefecht gesetzt vom Dope. Danach fielen wir in einen Zustand der völligen Erschöpfung und schließlich in den Schlaf.

Ich stand im Morgengrauen nackt am Fenster bei Antoine und sah auf die Schlei, und plötzlich entdeckte ich, dass die Heringszäune, normalerweise in einer W-Form, sich über Nacht in eine Herzform verändert hatten, und in diesem riesigen Herz schwammen zig silbrig glänzende Heringe. Ich traute meinen Augen nicht. Was war da über Nacht geschehen? Dann wurde es Tag, und ganz Kappeln stand staunend an den Ufern und auf der Brücke und sah auf das silberblinkende Herz mitten in der Schlei. Ein Wunder war geschehen, das Wunder von Kappeln! Menschen aus ganz Norddeutschland pilgerten in Scharen zu uns, wo sich die Heringszäune über Nacht in ein Herz verwandelt hatten. Die kleine katholische Gemeinde von Kappeln schlug vor, eine Prozession zu Ehren des Wunders zu machen und mich, die Jungfrau Lika und erste Zeugin, als Heilige des Heringswunders in einer Sänfte durch die Stadt zu tragen. Dabei war ich doch alles andere als eine Jungfrau und Heilige! Ich hatte vorehelichen Weltmeister-Sex und aß Haschkekse. Wenn das rauskam! Zum Glück lehnten die Kappler das katholische Gedöns ab, doch die Geschäftsleute überlegten, einen Aufkleber zu drucken mit »Ein Herz für Heringe«. Weißbier-Claus kettete sich an die Brücke und warnte mit einem Transparent vor dem Heringssterben, die Fische waren ja in dem Herzzaun gefangen. Er forderte, ihn sofort zu öffnen und die Fische freizulassen! Sogar der NDR bequemte sich zu uns, und ich wurde für die »Tagesschau« interviewt, weil ich die erste gewesen war, die das Wunder aus einer Wohnung am Hafen morgens um halb sechs entdeckt hatte. Ich erzählte von meinem fassungslosen Staunen. Der NDR-Reporter hakte nach, bei wem ich da gewesen sei, laut seinen Recherchen wohnte ich doch eigentlich im Ortsteil Mehlby, weit entfernt vom Hafen.

Schweißgebadet fuhr ich hoch, schnappte nach Luft, dann atmete ich tief durch und stellte mit großer Erleichterung fest, dass alles nur ein Traum gewesen war. Das waren also die berühmten Kifferträume, von denen Henner mir erzählt hatte. Der Traum hatte sich trotz des Absurden so real angefühlt, als wäre alles Wirklichkeit und als müsste ich jetzt im Fernsehen der ganzen Welt von meinem heimlichen Liebhaber erzählen. Dieser schlief ganz friedlich und fest neben mir, seine schiefe Nase ins Kissen gedrückt. Ein schlafender Bretone, was gab es Rührenderes? Unterm Laken zeichnete sich sein wunderschöner muskulöser Hintern ab, ein Bilderbuchhintern wie aus dem Biolehrbuch *Das Tier*.

Leise erhob ich mich, um Antoine nicht zu wecken. Mein Mund war ganz trocken, und ich nahm einen großen Schluck aus der Flasche Mineralwasser, die noch auf dem Tisch stand. Dann trat ich ans Fenster. In der Morgendämmerung sah ich unsere Heringszäune in der Ferne dastehen wie immer. Und doch war mir, als würde ich sie das erste Mal wirklich sehen. Es roch leicht vom Fischereihafen rüber, und meine kleine Heimatstadt lag im Windschatten der Welt so friedlich da, als könnte sie nichts aus der Ruhe bringen. Wer braucht schon Wunder, dachte ich in diesem Moment. Kappeln jedenfalls nicht, und ich wusste, egal, wie weit ich wegging und was auch da draußen auf mich wartete, ich würde im Herzen immer mit dieser Stadt verbunden sein.

12.

Der Zauberwürfel

Für den nächsten Tag war ausgemacht, dass ich Lars nach der Schule in Ellenberg abholte und mit ihm gemeinsam an den Strand fuhr. Papa lieh uns das Auto, er war mit dem Rad zur Schule gefahren und hatte nachmittags Lehrerkonferenz.

Der Rückstau der Brücke hielt mich auf, und ich kam fast zehn Minuten zu spät, die meisten Kinder waren schon weg. Ich parkte vor der Schule und stieg aus, ich trug mal wieder Mamas Sommerkleid mit den Blockstreifen. Da hörte ich auf dem Pausenhof um die Ecke eine nachäffende Jungsstimme. »G-G-ib m-m-mir s-s-sofort m-m-meinen Würfel w-w-wieder!« Andere Jungs lachten, in einer so gruseligen Mischung aus Vergnügen und Sadismus, dass sich mir die Nackenhaare aufstellten. »Den kriegst du erst zurück, wenn du den Satz ohne Stottern sagst!«

Ich wusste sofort, wer hier das Opfer war, doch von meinem Bruder hörte man nichts. Er wehrte sich nicht, vermutlich war er so aufgeregt, dass er nicht mal eine Silbe herausbekam. Dieses verdammte Stottern!

Ich eilte dorthin, wo die Stimmen herkamen, und ein dünner Junge, der eher selbst wie ein potenzielles

Opfer wirkte und den Zauberwürfel von Lars in der Hand hielt, guckte mich erschrocken an, vermutlich weil ich so wütend war. Lars selbst kauerte mitten auf dem Pausenhof am Boden, seinen Schulranzen neben sich und den vornübergebeugten Kopf auf die verschränkten Arme abgelegt, um nicht gesehen zu werden. Sein Rücken bebte. Mein Bruder war auf einen schluchzenden Käferkörper geschrumpft. Es war so sünde und das Schlimmste, was ich seit Langem gesehen hatte. Noch kleiner konnte man sich nicht machen. Er muss dringend Judo oder Karate lernen, schoss mir durch den Kopf.

Die drei Jungs blieben wie angewurzelt stehen, und schon war ich bei dem Dünnen, nahm ihm den Zauberwürfel aus der Hand und schrie ihn an: »Was bist du für ein mieser Kerl, du übrig gebliebener, fettiger Pommes!«

Die anderen beiden feixten bei meiner Wortwahl.

»Und ihr Sättigungsbeilagen seid kein bisschen besser, ihr steht da und lacht euch tot, wenn ein anderer so dermaßen fies geärgert wird.«

Was war los mit mir? Hatte ich die Jungs gerade wirklich Sättigungsbeilagen genannt? Drei erschrockene Augenpaare sahen auf mich, die Furie im Sommerkleid. Mein Auftritt war offensichtlich beeindruckend.

»Am liebsten würde ich jedem von euch eine knallen!«

Jetzt blickte Lars, seine langen Wimpern voller Tränen, hoch, um zu gucken, ob ich das wirklich tat. Ich ging zu ihm und reichte ihm seinen Zauberwürfel, der, das merkte ich trotz allem, fast gelöst war.

Es war seltsam, aber die Jungs liefen nicht weg vor mir, sondern blieben stehen, als stellte ich eine Autorität für sie dar.

»Ihr könnt abtreten!«, sagte ich genervt. »Im übrigen bin ich der Meinung, dass der Direktor über euch informiert werden muss. Jetzt geht mir aus der Sonne!«

Der Stress ließ mich zu seltsamen Sprachwendungen greifen. Ich hatte aus dem Lateinischen zitiert, auch wenn das den Pimpfen natürlich nicht annährend aufgefallen war.

»Tschuldigung«, murmelte der eine von den Lachern noch und war nun selbst kurz vorm Weinen.

»Haut ab, ich will euch nicht mehr sehen! Es kotzt mich an, dass mein Bruder mit solchen miesen Idioten zur Schule gehen muss!«

Mit ihren dünnen Beinen in ihren kurzen Hosen machten sie sich schnell aus dem Staub, und nun näherte sich eine Frau im geblümten, ärmellosen Sommerkleid aus Frottee.

Sie reichte mir die Hand. »Riewerts, ich bin die neue Klassenlehrerin von Lars.«

Ihr Händedruck war warm und verbindlich. Der Geruch von Lenor ging von ihr aus, und sie war diese Sorte Mensch, die man nicht unterschätzen sollte.

»Ich bin die große Schwester von Lars, Angelika Brodersen.«

»Lars, was ist denn passiert?«, wandte sie sich an ihn, sehr freundlich. Er guckte zu uns hoch und jeder, wirklich jeder wäre bei diesem Blick wie Eis in der Sonne geschmolzen.

Frau Riewerts war hellblond, beinahe weißhaarig und hatte hellblaue Augen. Fast wie ein Albino, schien mir. Sie sah aus wie die Schwester von Heino, nur hübscher. Ich stellte mir ihre Wohnung ganz aufgeräumt und sauber vor.

»Warum kriegt das denn keiner mit, was hier mit meinem Bruder gemacht wird? Warum greift niemand ein?«, regte ich mich auf und wandte mich an Lars.

»Passiert so was öfter?«

Er nickte.

»Sind das immer dieselben Jungs?«

Er nickte wieder.

Frau Riewerts sah mich an. »Ich weiß schon, welche drei das sind. Zwei von ihnen sind sitzengeblieben und neu in der Klasse. Ich kümmere mich darum, Fräulein Brodersen, ich rede mit den Jungs und mit deren Eltern. Und Ihre Mutter soll sich bitte bei mir melden.«

»Wir haben keine Mutter mehr, aber ich sage es meinem Vater.«

Sie guckte wieder auf Lars, tätschelte ihm die Schulter.

»Gut«, sagte ich, »dann fahren wir jetzt an den Strand, und dort gebe ich dir ein Eis aus, okay?«

Lars wischte sich die Tränen weg und stand auf. Er versuchte zu lächeln, wie ein tapferer Krieger. Aber ehrlich gesagt rührte mich dieses Lächeln noch mehr als seine Tränen. Es hatte fast was Weises, nach dem Motto, das Leben geht weiter, und ich fragte mich, wie es sein konnte, dass ein Neunjähriger manchmal schon so stoisch wirkte.

Anja war aus Südfrankreich zurück, hatte mich am Vormittag angerufen und vorgeschlagen, uns am Strand in

Weidefeld zu treffen. Wir Einheimischen parkten immer ganz hinten Richtung Schönhagen, nahmen dann den letzten Aufgang und gingen am Strand noch mindestens zweihundert Meter weiter. Hierher verirrten sich keine Urlauber, die nahmen schwerbepackt mit ihren Kühltaschen, Luftmatratzen, Klappstühlen und Liegen immer gleich vorne die Aufgänge und drängten sich dort dicht an dicht. Aber das waren sie ja aus dem Ruhrgebiet so gewohnt. Wir Schleswig-Holsteiner brauchten etwas mehr Abstand, auch am Strand.

Ich entdeckte Anja, sie lag gemeinsam mit ihrer Mutter neben dem gestreiften Sonnenschirm, beide in der prallen Sonne und oben ohne. Anja war zimtbraun und voller Sommersprossen, die Haare trug sie jetzt halblang, nicht mehr wie Kim Wilde. Als sie uns kommen sah, sprang sie freudig auf, und wir umarmten uns. Ich hatte ihr schon am Telefon gesagt, dass ich mit meinem Bruder käme. Frau Götze gab ich die Hand, und sie lächelte von unten hoch, als wäre sie Kleopatra, sie trug auch deren Frisur.

Sie war gelernte Drogistin und immer sehr geschminkt, egal, ob am Strand oder zu Hause. Als alleinerziehende Mutter musste sie das Geld verdienen, und wenn ich Anja besuchte, war ihre Mutter meist bei der Arbeit gewesen oder machte sich gerade dafür zurecht, föhnte sich die Haare oder färbte sie pechschwarz. Sie war stets mit ihrem Aussehen beschäftigt und so anders als andere Mütter, vielleicht fand ich sie deswegen interessant. Frau Götzes Figur sah man an, dass sie Aerobic im ZDF mitmachte.

Anjas Mutter hatte auch vor ein paar Jahren mal bei der Wahl zur »Miss Schönhagen« teilgenommen, undenkbar, dass meine Mutter oder die von Schlaksi so was jemals getan hätten! Anja hatte mich gebeten, mit ihr zusammen dorthin zu gehen, aber ich dürfte hinterher niemandem davon erzählen. Ihr war das alles unheimlich peinlich, ihre Mutter im Badeanzug und mit hochhackigen Schuhen, die mit einer in Plastik verschweißten Nummer in der Hand auf einem Podest am Strand wie eine schwarzhaarige Kleopatra-Barbie auf und ab schritt. Frau Götze hatte am ganzen Körper Selbstbräuner aufgetragen, dessen Farbton stark Richtung Möhre tendierte. Damit stach sie schon mal heraus. Zudem war sie die Älteste mit ihren siebenunddreißig Jahren.

Die ganze Veranstaltung war ziemlich schräg. Touristen und ein paar Einheimische waren gekommen, es war ein frischer Julitag, sehr windig, und immer wieder zogen fette Wolken vorüber. Die Kandidatinnen hatten alle Gänsehaut, als sie im Bikini herumstolzierten. Da Frau Götzes Haut schon die Farbe einer gerupften Gans hatte, wirkte die Gänsehaut bei ihr besonders echt und eklig. Einer Bewerberin flog ihre Seidenblume aus dem Haar weg übers Meer Richtung Dänemark, einer anderen ihre Nummer. Die 8 machte einen Riesenbogen durch die Luft und tanzte auf dem Wasser davon, das Publikum lachte. Es waren zehn Frauen, die sich im Bikini zeigen, dann aber auch in ein Mikro sprechen sollten, was sie so beruflich machten und welche Hobbys sie hatten. Als Frau Götze dran war, erzählte sie, dass sie sich gern mit Makramee beschäftige, aber ihr Alltag ihr dazu nicht viel Zeit lasse, denn sie arbeite als Fachverkäuferin in einer Drogerie auf einem Butterdampfer. Anja guckte mich an und rollte mit den Augen.

Der erste Platz war mit 300 Mark dotiert, und Frau Götze hatte nur deswegen teilgenommen, wie sie Anja versicherte. Siegerin wurde dann eine jüngere, rotlockige Touristin aus Bottrop, Marke Frohnatur und eine Sorte Frau, die es hier oben bei uns so nicht gab, laut Anjas Mutter eine Schlampe, die es sicher dem Vorsitzenden der Jury besorgt und nur deswegen gewonnen hätte. Frau Götze war Zweite geworden, und ihr wurde bei der Siegerehrung, inzwischen hatte Regen eingesetzt, die silberne Schärpe umgelegt und ein in Zellophan gehüllter Präsentkorb überreicht. Anja schimpfte auf dem Rückweg im Auto mit ihrer Mutter, warum sie diesen bescheuerten Selbstbräuner benutzt habe, das habe ausgesehen wie Jod am ganzen Körper, und warum sie das mit dem Scheißmakramee erzählt habe, eine Miss Schönhagen müsse Motorradfahren oder Hochseeangeln! Tatsächlich hatte die Siegerin aus Bottrop bei ihren Hobbys »Motorradfahren« genannt.

»Aber Anjalein, die sitzt doch nur hintendrauf und umarmt irgendeinen Kerl, die Schlampe! Die fährt doch nicht selbst, die hat doch gar keinen Führerschein, weil sie nicht weiß, wo rechts und links ist, so dumm war die. Dagegen ist Bohnenstroh hochbegabt.«

Da bekamen Anja und ich einen Lachanfall, und Frau Götze stimmte schließlich mit ein.

Lars und ich hatten inzwischen unsere Badesachen angezogen, wir wollten ins Wasser, Anja kam mit. Wir beide standen vorn in Ufernähe, während Lars etwas entfernt mit seinen Schwimmflügeln herumplantschte. Die Möwen hingen am Himmel wie matte Partygäste am Ende der Nacht. Ein Marineboot kam gerade aus Olpenitz und fuhr in der Ferne vorbei, während Anja meckerte, wie teuer es an der Côte d'Azur gewesen sei und wie voll, sie hätten auf dem Campingplatz nur noch neben den stinkenden Müllcontainern einen Platz bekommen für ihr kleines Zelt. Und es sei affenheiß gewesen und habe Brandquallen im Wasser gegeben, aber andere als hier bei uns oben, Giftigere.

»Tja, da hab ich manchmal gedacht, ach, wäre ich doch zu Hause geblieben.«

»Und die Franzosen?«

Sie grinste.

»Nebenan auf dem Zeltplatz war ein Bruderpaar aus Lyon, Jean und Pierre. Das hat ganz gut gepasst, denn Jean ist sofort auf Dörte abgefahren und ich auf Pierre. Er kam dann nachts zu mir rüber und Dörte ging zu Jean.«

Lars planschte jetzt kreischend vor Freude auf dem Rücken so vor sich hin, er bekam nicht viel mit.

»Weißt du, wie die Franzosen eine Frau nennen, die sie gut aussehend finden?«, fragte Anja. Sie machte eine kurze Pause. »Bien baisé. Tja, das haben wir nicht in Französisch gelernt.«

Wir lachten. Sie und ich, wir waren gemeinsam im Französischleistungskurs gewesen. Monsieur Dombrowski war immer ganz entsetzt, wenn nur was in der Richtung gesagt wurde. Als wir »le baiser«, der Kuss, lernten, fragten wir wie immer eifrig nach dem Verb dazu und ob das dann »baiser quelqu'un« heißen würde? Da wurde er knallrot über seinem weißen Rolli, das wäre das ordinärste Wort, das es gäbe für, na ja, wir wüssten schon, fürs Liebemachen, und wir dürften es auf keinen Fall verwenden, »jamais!«. Er beschwor uns regelrecht, als wenn neben der deutsch-französischen Freundschaft die Ehre unseres Vaterlandes, unsere eigene, am meisten aber seine als Französischlehrer auf dem Spiel stünde.

Ich hätte Anja vielleicht noch von Antoine erzählt, aber irgendwie war mir mein kleiner Bruder dafür dann doch wieder zu sehr in Hörweite. Es war seltsam, bei meinen anderen Beziehungen hatte ich immer alles mit meinen Freundinnen bekakeln müssen, aber dieses Mal gefiel es mir sogar, ein kleines Bien-baiser-Geheimnis zu haben und nicht alles auszudiskutieren.

Lars baute danach in Ruhe eine Strandburg, nachdem ich mit ihm den Anfang gemacht hatte. Ich lag neben Frau Götze und Anja, auch ich ohne Bikinioberteil, und wir ließen uns die Sonne so richtig schön auf den Pelz brennen. Anjas neonfarbenes Bikinihöschen leuchtete in der Mittagssonne auf der gebräunten Haut. Mama hatte sich immer geweigert, mir Knallfarben zu kaufen. »Meine Tochter ist doch keine Leuchtboje!«, pflegte sie dann zu sagen und war nicht amüsiert, wenn Tante Gesine das hinterging und mir auch mal ein oranges T-Shirt oder einen pinken Badeanzug schenkte. Tante Gesine war meine Patentante, Stewardess und kinderlos, daher brachte sie mir und ab und zu auch Lars aus dem Ausland gern mal was zum Anziehen mit.

Ich wurde ganz rammdösig und genoss diese absolute Faulheit, hingestreckt auf ein Frotteehandtuch im Sand, der sich den Körperformen anpasste. Es war, als gäbe man sich dem Sommer hin mit einem »Nimm mich!«. Das Kokosöl von Frau Götze lag in der Luft, leicht gemischt mit ihrem Schweiß, denn sie ging nie ins Wasser, seit sie als Kind mal fast ertrunken wäre.

»Arbeiten Sie eigentlich noch auf der Prinz Danmark?«, fragte ich sie.

»Nee, Kindchen, da habe ich aufgehört, das war mir zu stressig. Ich bin jetzt in Eckernförde in einer Drogerie.«

»Mama, nenn meine Freundinnen bitte nicht Kindchen! Wir haben Abi, Führerschein und Sex«, kam es leicht genervt aus der Horizontalen von Anja, und ich musste schmunzeln.

Frau Götze hatte, seit ich mit Anja auf die Grundschule ging, im Kosmetikladen auf dem Butterdampfer gearbeitet. Kappeln – Sonderburg und zurück. Anja hatte mir mal anvertraut, ihre Mutter habe gedacht, durch die Arbeit vielleicht einen reichen Dänen kennenzulernen, der sie heiratete, doch die Hoffnungen auf einen Prinz Danmark hatten sich nicht erfüllt. Nun war sie mit einem Bundeswehroffizier zusammen, Helmut, den Anja nicht ausstehen konnte. Immer wenn Helmut zu Besuch kam, musste vorher die Wohnung für ihn tipptopp geputzt und aufgeräumt werden, weil der Herr Offizier es gern ordentlich hatte und Anjas Mutter einen guten Eindruck machen wollte.

»Ich erinnere mich noch gut«, sagte Frau Götze Richtung Augusthimmel, »wie deine Mutter einen Sommer lang öfter bei uns mitfuhr. Sie kam dann zu mir und hat sich einen Lippenstift gekauft oder ein Parfüm. Estée Lauder, Sport.«

»Mama, das weißt du noch?«

»Ja, Anjalein, und zwar deswegen, weil die gute Frau Brodersen zu mir sagte, sie habe keine Ahnung, welches Parfüm zu ihr passe. Da habe ich ihr dieses empfohlen. Und beim Schminken war sie auch ganz unsicher, was ihr steht. Ich habe ihr geraten, einfach nur ihre natürliche Schönheit zu unterstreichen, mit etwas rosa Lippenstift, einem Hauch Lidschatten und etwas Wimperntusche.«

»Meine Mutter hat sich geschminkt?!«

»Ich habe sie dann dort ein wenig geschminkt, so was hat mir immer Freude gemacht, wenn gerade nicht viel los war. Aber sie fuhr immer wochentags mit dem Neun-Uhr-Schiff, da ging es.«

Mir fiel wieder die gefaltete Butterdampfer-Fahrkarte in der Tasche des Kleides ein.

»Wie lange ist das denn her?«

Frau Götze dachte nach. »Hmm ... lange ... vielleicht zehn Jahre.«

Die Worte von Frau Götze flirrten in der Mittagshitze, ich drehte mich auf den Bauch und legte meinen Kopf auf den verschränkten Armen ab, sah weg von den beiden, Richtung Schönhagen. Meine Lippen schmeckten bitter von der Sonnenmilch. In der Ferne verschwamm alles, Meer, Strand, der Horizont. Mir war, als hätte jemand meinen Kopf wie einen Zauberwürfel, leise knackend, gedreht und die Ordnung durcheinandergebracht.

War nicht eine von Mamas neuen skandinavischen Chorfreundinnen Dänin und lebte in Sonderburg? Stimmt, dahin war sie in dem Sommer 73 nach ihrer Rückkehr ein paarmal gefahren. Henne hieß sie. Henne Olsen. Aber warum schminkte Mama sich für ihre dänische Freundin?

Lars kam angelaufen und war ganz aufgeregt, weil seine Burg fertig war und es hinhaute mit dem Wassergraben drumherum. Ich sollte mir das angucken, er zog an meinem Arm. Zum Glück schien er wieder der Alte und die Sache vom Vormittag vergessen zu haben.

Ich stand auf und ging durch den heißen Sand Richtung Meer. Es brannte an den Fußsohlen beim Auftreten. Mama – Lippenstift – Estée Lauder – Sommer 73 – Butterdampfer. Ohne zu wissen, was genau los war, hatte ich das Gefühl, dass ich in jenem Sommer belogen und betrogen worden war. Und nicht nur ich. Ob Tante Gesine mehr wusste? Sie war zwei Jahre jünger als Mama, beide waren immer wie Freundinnen gewesen, hatten sich alles anvertraut.

Henne Olsen, schoss es mir durch den Kopf, dich gibt es gar nicht! Der Name Henne Olsen war ein Betrügerchen, der Kragen einer nicht vorhandenen Bluse, ein Bluff. Mir fiel wieder die Predigt meiner Mutter damals ein, als ich sie angelogen hatte, und Wut stieg in mir auf. Es war die Notlüge einer 16-Jährigen, um auf einer Party einen Jungen zu treffen. Aber ihre Lüge hatte ja wohl eine ganz andere Dimension.

Ich lobte die Burg von Lars über den Klee, sagte, das sei die schönste Strandsandbarockwasserburg von ganz Schleswig-Holstein, da fehle aber noch die berühmte norddeutsche Barockmuschelfassade im Fischgrätmuster.

Er strahlte.

»Du bester Architekt von der ganzen großen Welt, ich muss dringend mal schwimmen gehen, bin bald zurück, okay?«

Lars nickte und machte sich auf die Suche nach Muscheln. Ich tauchte ein in die herrlich warme Ostsee und schwamm hinaus, vertraute mich dem Meer an, und das Meer wiederum nahm mich auf. Weiter draußen war es etwas kühler und erfrischender, und das tat mir gut. Ich begann zu kraulen und kraulte, bis ich nicht mehr konnte, dann schwamm ich auf dem Rücken zurück, über mir der hellblau metallicfarbene Himmel, an dem nur einige Schönwetterwolken zu sehen waren und ein blasser halbvoller Mond.

Diese Sommeridylle entsprach nicht meiner Stimmung, meinem aufgewühlten Inneren. Wind und Pladderregen hätte viel besser gepasst als dieser ewig blaue Himmel, der seit Wochen unverändert war. Und es schien, als würde dieser Jahrhundertsommer, der uns zig Breitengrade südlich katapultiert hatte, nie aufhören. Als echte Norddeutsche überforderte mich das etwas, und ich vermisste unseren Regen inzwischen sogar ein kleines bisschen. Mein Regentagebuch hatte ich schon seit Wochen nicht mehr angerührt. Aber vielleicht war seine Zeit überhaupt abgelaufen, da ich jetzt bald weggehen und meine Regenheimat verlassen würde.

Als ich durch das flache Wasser wieder ans Ufer ging, sah ich, wie Lars mit Muscheln seine Burg dekorierte. Er kniete im Sand und drückte die Muscheln in die glatte Sandfassade, leckte manchmal mit der Zungenspitze die obere Lippe, wie immer wenn er konzentriert war. Mir fiel wieder ein, wie aufgeregt ich damals war, als meine Mutter schwanger wurde. Ich betete jeden Abend, dass ich eine kleine Schwester bekäme, war dann jedoch nicht enttäuscht, als es ein Bruder wurde. Diese Minifinger mit ganz kleinen, hellrosa Fingernägeln, er war so rührend. Ich hatte Lars vom ersten Augenblick an so sehr geliebt, und sobald er es irgendwie und mit seinen Mitteln ausdrücken konnte, hatte er diese Liebe glucksend erwidert. Die Geburt meines kleinen Bruders war das Schönste, was mir in meinem Leben passiert war.

Ich musste wieder an diese fiesen Jungs auf dem Pausenhof denken und wie grausam Kinder sein konnten. Immer ging es auf die Zartbesaiteten, die Schwächeren.

Dieser bebende Rücken von Lars. Mann, war ich wütend, ich war wirklich kurz davor gewesen, diesen Jungs eine zu knallen, und nur mein tiefer innerer Pazifismus hatte mich davon noch abhalten können. Lars war ein Teil von mir, und ich hatte es als große Schwester sozusagen im Blut, auf ihn aufzupassen. Wenn ihm jemand wehtat, dann tat es auch mir weh.

13.

Das Schatzkästchen

Ich hatte Lars zu Hause wieder abgesetzt, mich geduscht und umgezogen. Als ich kurz vor fünf in den *Kakadu* kam, war nur die Küchenhilfe Andrea da, heute mit einer neuen Brille, die ihr gut stand. Das sagte ich ihr auch, und Andrea lächelte über ihrer Kittelschürze ihr offenherziges Lächeln, das, wie alle ihre Gefühle, kein Sieb besaß. Antoine hatte sich an dem Tag freigenommen, wie sie mir mitteilte, aber sie sollte mir einen Gruß ausrichten von ihm. Fränki sagte, Antoine wolle seine Schwester in Hamburg besuchen, da seine Eltern gerade bei ihr zu Besuch seien, er komme aber am nächsten Vormittag wieder. Von seiner Schwester hatte Antoine mir mal erzählt, sie war Krankenschwester in Hamburg und dort verheiratet, mit zwei Kindern.

Im *Kakadu* selbst war es ruhig, die Terrasse draußen füllte sich wie immer am frühen Abend, aber alles lief völlig unproblematisch. Niemand wollte Extrawürste, kein Tablett fiel zu Boden, ich vergaß keine Bestellung und hatte auch noch hier und da einen flotten Spruch auf den Lippen. Stolz spürte ich, dass ich allmählich so was wie Routine bekam.

Da klingelte gegen acht das Telefon im *Kakadu*, und

Fränki ging ran, ich hörte es durch die geöffnete Tür draußen auf der Terrasse, auch weil Fränki zu den Leuten gehörte, die sehr laut am Telefon sprachen.

»Was? So eine Scheiße, Biggi! Mensch, wie konnte das passieren?«

Pause. Ich malte mir alles Mögliche aus. Beinbruch, Armbruch, Haus abgebrannt, Autounfall.

»Biggi, bleib jetzt ganz ruhig. Du rufst sofort deinen Anwalt an. Und wenn du morgen nicht zur Arbeit kommen kannst, dann frage ich Lika oder Dörte, ob sie einspringen. Okay, dann bis morgen. Tschüss.«

Er legte auf und stand etwas ratlos vor seiner Zapfanlage.

Als er mich sah, die von draußen reingekommen am Tresen auf ihre Bestellungen wartete, zapfte er weiter und sagte, jetzt mit gedämpfter Stimme: »Biggis Plantage ist aufgeflogen. Sie haben alles beschlagnahmt und das Gras zerstört.«

»Die Polizei?«

Er nickte. Dann wandte er sich zu seinen Schnapsflaschen um und nahm einen Obstler in die Hand.

»Darauf brauche ich einen, du auch?«

Ich schüttelte den Kopf.

»Oder doch, einen halben.«

Er schenkte ein, und wir stießen an, ohne etwas zu sagen. Ich kippte den Obstler in einem Zug runter, schüttelte den Kopf, es brannte in meinem Mund. Biggi war aufgeflogen. Die Grüne Witwe.

»Wirklich schade um das schöne Gras, also ich war kein Kunde, aber es war ja ein guter Nebenverdienst für

Biggi«, sinnierte Fränki und zapfte noch mal einen Schuss Bier in die Gläser. »Hoffentlich gibt das jetzt keinen Prozess wegen illegalem Drogenanbau und Handel. Wenn Biggi einsitzen muss, dann kann ich den Laden dichtmachen. Sie ist die Seele vom Kakadu, nicht ich.« Er legte die Papiermanschetten um die Biergläser und stellte sie mir aufs Tablett.

»Tja, jetzt hat sie nicht mal mehr diesen kleinen Nebenverdienst. 20 000 Mark Schulden, das ist natürlich kein Pappenstiel. Und die Anwälte von so einer Brauerei, das sind nun auch nicht gerade Müslis«, sagte er.

»Ich verstehe nicht, dass man diesen Helge nirgends auftreiben kann. Ein Mensch kann doch nicht einfach so verschwinden, nicht in Deutschland.«

»Biggi glaubt, dass er in Costa Rica ist und sich eine neue Identität zugelegt hat.«

»Arschloch.«

»Das Schlimme ist, dass Helge eigentlich ein ganz netter Typ war. Ich habe ihn mal kennengelernt. Er war ein absolut großartiger Unterhalter und ganz vernarrt in Biggi. Okay, er trank zu viel, aber sonst gab es an ihm nichts auszusetzen. Kein Mensch hätte gedacht, dass der Typ eines Morgens weggeht und nicht wiederkommt. Wenn er ein Arsch gewesen wäre, dann wäre es für Biggi auch alles nicht so schwer, aber er war kein Arsch, das sagt Biggi ja selbst. Nicht bis zu dem Tag, als er ging.«

»Echt schräg«, sagte ich nur und musste an das Gespräch mit Anjas Mutter am Strand denken. Wie gut kannten wir die Menschen, denen wir so nahestanden, wirklich? War das nicht das eigentlich Erschreckende, wie wenig man die anderen kannte? Auch meine Mutter hatte so ihre Geheimnisse gehabt, vor Papa und mir. Sie war eine andere, als ich geglaubt hatte. Sie war nicht ganz so natürlich, ungeschminkt und aufrichtig gewesen, wie ich immer gedacht hatte.

Wut stieg wieder in mir auf, Wut auf eine Person, die ich nicht mehr zur Rede stellen konnte, eine vergebliche, stille Wut, die ins Leere lief, aber dadurch nicht weniger schmerzte. Was steckte hinter allem, und hatten die Butterdampferfahrten im Sommer 73 etwas mit dem spontanen Ausflug nach Flensburg im Oktober 79 vor ihrem Unfall zu tun, oder war das wiederum ein anderes Geheimnis? Nachdenklich nahm ich das Tablett mit den Getränken, die Gäste draußen hatten lange genug warten müssen. Ich würde ihnen sagen, dass wir das Bierfass wechseln mussten.

Als Papa und Lars am nächsten Morgen zur Schule waren, schnappte ich mir mein Schatzkästchen. Es war eine alte Zigarrenkiste von Opa, die er mir geschenkt hatte, als ich noch klein war. Dass der Inhalt dieser Kisten für seinen zunehmenden Husten und letztlich für seinen Tod verantwortlich waren, kapierte ich damals natürlich nicht. Opa war schon vor vielen Jahren gestorben, Januar 1975, da war ich elf. Seine Beerdigung auf dem kalten Friedhof in Kappeln war für immer in meine Erinnerung eingebrannt. Es hatte geschneit, und all die schwarz gekleideten Trauergäste sahen vor der Schneelandschaft aus wie Raben. Ein Scherenschnitt aus schwarzem Tonpapier. Ich ging in meinem blauen Dufflecoat zwischen Mama und Tante Gesine, die mich an den kalten Händen hielten, und ich war erstaunt, wie sehr sich an dem Tag die beiden sonst so verschiedenen Schwestern ähnelten in ihrer schwarzen Kleidung, ihrer Trauer und ihrem Ernstsein. Bei meiner meist lustigen Tante irritierte es mich besonders. Wir gingen hinter dem Sarg her, und ich konnte einfach nicht verstehen, dass da drin jetzt mein Opa mit seiner herrlich tiefen Stimme lag, der mir immer Gänsehaut-Sagen und Balladen vorgelesen hatte. Nach seinem Tod fanden Mama und Tante Gesine auch ein kleines gebundenes Heft mit Gedichten von ihm, für Oma zur Verlobung geschrieben.

Ich las die Gedichte dann auch, viele Jahre später, und sie waren wirklich sehr gefühlvoll und romantisch, fast idealisierend. Aber sie bezogen sich auf eine junge Frau, die ich nicht kannte, und für die Frau mit Dauerwelle und Betrügerchen unterm Pullover, mit Omahandtasche und Omaschuhen, schienen sie mir nicht zu passen. Sie zeigten mir aber, dass meine Großeltern auch mal jung gewesen waren, verliebt, voller Hoffnungen.

Ich breitete den Inhalt der Schatzkiste auf meiner indischen Tagesdecke aus. Mamas letzter Zettel an uns lag da, ich überflog ihn, nun wusste ich ja, dass sie auf dem Zettel gelogen hatte. Ich fand, dass er dadurch an Wert verloren hatte und ich ihn nicht mehr unbedingt meinem Bruder zeigen müsste, wenn er groß war. Dann nahm ich die Rechnung aus dem Café in Flensburg, die ich im Sommerkleid von ihr gefunden hatte, in die Hand. 16. August 1973. Zwei Kännchen Kaffee, zwei Stück Nusstorte, ein Cognac. Mama mochte eigentlich keinen

Cognac oder andere scharfe Sachen, wer hatte also den Cognac getrunken? Das sah doch eher nach einem Kaffeetrinken mit einem Mann aus, denn meine Oma Flensburg durfte nicht nur keine Torte essen, sondern auch keinen Alkohol trinken, und sie hielt sich daran.

Vor mir lagen noch die anderen Sachen aus meinem Schatzkästchen, meine erste Kinokarte, »Das Dschungelbuch« in Schleswig, zusammen mit Tante Gesine. Ein rotes Stoffband vom Sport, das die eine Mannschaft zur Unterscheidung anzog. Ich hatte immer die Mannschaft mit Band sein wollen, wenn beim Basketball die Wahl bei mir war, und mein Sportlehrer hatte mir zum Abi das Band geschenkt und mir dazu einen äußerst netten Brief geschrieben, in dem er mir ein sehr persönliches Reifezeugnis ausstellte. Dieser Brief lag auch vor mir und die Mischkassette von Ralf, meinem allerersten Freund, den Mama nicht mochte, aber ich war schwer verliebt mit meinen vierzehn Jahren. Wir hatten dann immer bei ihm im Zimmer rumgeknutscht und die Kassette mit *Kate Bush*, *Supertramp* und den *Bee Gees* gehört, bis sie eierte. Ich musste lächeln und sah auf den ersten Liebesbrief von Henner, ich kannte ihn auswendig, er begann mit »Liebe Lika, wenn ein Junge wie ich bei 4 Windstärken und bestem Surfwetter lieber am Strand neben einem Mädchen liegen bleibt, um in seine Augen zu sehen, dann muss es sich um ein ganz besonderes Mädchen handeln«.

Ich atmete tief durch, jetzt bloß nicht sentimental werden, der Brief war über zwei Jahre alt. Im Schatzkästchen gab es aber auch eine Ansichtskarte von meinem

Bruder mit dem Heringszaun drauf, die er mir vor zwei Jahren von Oma Kappeln aus geschrieben hatte. Ich nahm die Karte in die Hand, las die wackeligen Großbuchstaben.

LIBE LIKA, ICH FREUE MICH AUF UNSER
WIDERSEN, DU BIST DI BESTE SCHWESTR
FON DER GANZEN GROSSEN WELT!
DEIN BRUDER LARS

Jeder Buchstabe war zwar ein Ringen mit dem Kuli, aber hatte so eine Unbedingtheit. Da kam mir der Gedanke, dass sich die Dinge im Schatzkästchen zwar nicht verändert hatten, aber ihre Wichtigkeit für mich. Diese Postkarte war noch schöner als der erste Liebesbrief von Henner, der jetzt mit einer anderen rummachte. Das Haltbarkeitsdatum seiner Worte war im Gegensatz zu denen meines Bruders abgelaufen. Einen Moment lang überlegte ich sogar, Henners Brief zu vernichten, ihm seinen Ehrenplatz im Schatzkästchen meines Lebens zu nehmen und mich somit für die Sache mit der Dänin zu rächen. Aber dann dachte ich, dass der erste Liebesbrief schließlich immer der erste Liebesbrief blieb. Henner hatte es ja damals so gemeint, und ich sollte den Schatz bewahren, wie es mal anfing bei uns, den Zauber der ersten Monate, unsere große Verliebtheit und Freude aneinander. Ich wurde ganz melancholisch. Und dann fiel mir wieder sein zu lautes Singen ein, da in Ellenberg in der Siedlung, und wie verdammt eitel er sein konnte, wie launisch und treulos.

Irgendwann hatte ich mich nicht mehr sicher gefühlt bei ihm, bemerkte seine Blicke zu anderen Frauen. Gegen Liebeskummer half es immer, sich möglichst konkret die unangenehmen Seiten des anderen in Erinnerung zu rufen, das wusste ich inzwischen. Immerhin, ich war jetzt ein Wesen mit einer Vergangenheit, ein Indiz fürs Erwachsensein.

Als ich die zu einem Origami-Kranich gefaltete Butterdampferfahrkarte in die Hand nahm und genauer betrachtete, entdeckte ich, dass etwas mit Kugelschreiber draufstand, konnte aber nur die Buchstaben D und i erkennen. Ich faltete den Vogel auseinander, und jetzt sah ich, dass auf der Rückseite der Fahrkarte mit Kuli etwas geschrieben war, aber nicht in Mamas Handschrift.

Die Liebe ist ein Kind der Freiheit.

Der Wecker neben meinem Bett tickte laut, dabei war die Zeit doch soeben stehen geblieben. In das Ticken mischte sich mein ebenso lautes Herzklopfen. Meine Mutter hatte einen Liebhaber gehabt, sie hatte Papa betrogen!

Mama hatte sich in dem Sommer bei diesem Chorfestival in Schweden verliebt, in irgendeinen Mann, offensichtlich ein Däne, der in Sonderburg oder in der Nähe lebte oder der von irgendwo in Dänemark nach Sonderburg kam, um sie dort heimlich zu treffen. Vielleicht ihr Chorleiter? Der war doch Däne. Sie hatte immer so strahlend erzählt, wie streng dieser Sören mit ihnen geprobt hatte, wie genau er war und wie pingelig. Wieder und wieder mussten sie bestimmte Stellen singen, bis Sörens Augen leuchteten, dann war es geschafft, und sie durften endlich zum Baden in den See springen.

Mama lachte immer, wenn sie mir davon erzählte, und ich hatte mich damals gewundert, wie man so fröhlich über einen strengen Chorleiter reden konnte. Sören hatte sie auch fürs Solo ausgewählt, es mussten mehrere Bewerberinnen vorsingen, und hinterher hatte er zu ihr gesagt, er habe sie genommen, weil sie es am wenigsten kitschig und so schön erdig interpretiert habe. »Summertime« war ja ein Wiegenlied, und er wollte auf keinen Fall etwas Rührseliges darin haben, sondern einfach nur eine sinnlich-melancholische Sommeratmosphäre, die Gänsehaut erzeugte.

Ich hörte den Mähdrescher auf dem Feld hinterm Haus, der jedes Jahr das Ende des Sommers einläutete, und schloss das Fenster, damit der Staub nicht reinkam. Ich sah wieder auf die Rechnung aus Flensburg und das kleine Zuckerwürfelpaket mit dem Aufdruck »Café Maas«. Man hob keinen Zucker auf von irgendeinem Kaffeetrinken. Darauf hätte ich auch schon früher kommen können!

Dann nahm ich noch einmal die Butterdampferfahrkarte in die Hand. »Die Liebe ist ein Kind der Freiheit.« Welche Bedeutung hatte dieser Satz für Mama wohl? Hatte sie ihn als Zurückweisung und Kränkung empfunden oder als Rechtfertigung? Gar als Liebeserklärung unter Freigeistern? War es eine leidenschaftliche Affäre, etwas rein Körperliches? Oder hatte Mama den Mann wirklich geliebt und Papa vielleicht sogar davon erzählt?

Eines wusste ich sicher: Die Ehe meiner Eltern war nach diesem Sommer wieder viel besser. Zu meiner großen Erleichterung scherzten und flirteten Mama und Papa wie früher miteinander, und als Mamas Bauch immer dicker wurde, freuten sich beide.

Ich packte alle Sachen ins Schatzkästchen zurück und machte Opas Zigarrenkiste mit dem kleinen Metallverschluss wieder zu.

Ich hörte, wie der Briefträger unten an der Haustür die Post durch den Briefschlitz warf, und ging die Treppe runter. Gleich zwei offizielle Briefe waren für mich, einer aus München und einer aus Erlangen. Hastig öffnete und überflog ich beide. Ich hatte eine Zusage für einen Platz in einem Studentenwohnheim in München-Schwabing erhalten und eine für einen Studienplatz für Theaterwissenschaften in Erlangen. Na toll!

14.

Blaue Stunde

Als ich zum Dienst kam, erschrak ich regelrecht bei Biggis Anblick. Sie hatte tiefe Augenringe, und man sah ihr an, dass sie sich in der Nacht die Kante gegeben hatte. Aber anders als bei den Dallas-Partys war es kein fröhliches Besäufnis gewesen. Sie wirkte wie ein Gespenst ihrer selbst. Das ganze schöne Gras, die neue Ernte vor ihren Augen zerstört, alle Gerätschaften und die Rotlichtlampen hatten sie mitgenommen, den Dachboden komplett ausgeräumt. Biggi war wütend, geschockt, panisch, was das juristische Nachspiel anging, ihr drohte ein Strafverfahren wegen des Anbaus und des Verkaufs.

Sie machte an dem Tag ihren Job, aber wie ein Roboter, ohne ein Lächeln oder einen flotten Spruch auf den Lippen und mit sehr vielen Zigarettenpausen. Zweimal vergaß sie, Bestellungen aufzugeben, und ihr fiel ein Tablett mit Spezis und Cola aus der Hand, worauf sie fluchte, wie es nur Menschen vermögen, nicht Roboter. Fränki war rührend zu ihr, er schlug vor, ihr einen besseren Anwalt zu besorgen und die Kosten dafür zu tragen, und Antoine hatte extra für sie »Armer Ritter« gemacht, ihr Lieblingsgericht. Aber sie aß davon nur ein paar Bissen, allein das war ein Alarmzeichen.

Ich begrüßte Antoine und fragte, ob es schön gewesen war in Hamburg. Er strahlte, dann holte er ein Polaroidfoto aus seiner Hosentasche und zeigte es mir. Er mit zwei kleinen Mädchen auf dem Schoß. »Das sind Celine und Anne-Marie.«

»Wie niedlich. Na, die haben sich aber sicher gefreut, Onkel Antoine mal wiederzusehen.«

»Ja, aber war leider viel zu kurz. Wie geht es dir?«

Das hatte er mich noch nie gefragt. Ich stutzte.

»Gut. Wollen wir uns heute Abend sehen?«, fragte ich, und es war das erste Mal, dass ich eine Verabredung anstieß.

»Muss noch was Dringendes erledigen heute, kann leider nicht«, sagte er und strich mir dabei zärtlich über die Wange.

»Aber morgen Abend, da könnten wir mal zusammen an die Ostsee schwimmen fahren, si tu veux.«

Antoine holte mich am nächsten Abend mit dem ollen Kastenwagen des *Kakadu*, der ihm zur Verfügung stand und den er sich mit Fränki teilte, zu Hause ab, und ich stellte ihn kurz Papa vor. Lars und er kannten sich ja schon, und Antoine erkundigte sich, was die Schule machte. Papa war freundlich, aber sah sich Antoine genau an, das spürte ich. Er versuchte sich vermutlich einen Reim darauf zu machen, was das für eine Art von Beziehung war. Ich wollte daher schnell los, es war aber auch schon spät, und vor der Brückenöffnung wollten wir rüber. Meine Schwimmsachen und die Zahnbürste hatte ich in meine Korbtasche gepackt, und ich gab erst

Lars und dann Papa einen Kuss zum Abschied. »Bis morgen.«

Wir düsten los, über die Brücke, ich zeigte Antoine die Abkürzung durch Ellenberg und erzählte ihm von unserem beeindruckenden Friedensmarsch hierher, der sicher in die Geschichtsbücher eingehen werde, und er lachte sich kaputt. Ich machte ihm vor, wie Henner »We are not afraid« gesungen hatte, und er imitierte Henner, was noch lustiger war.

»Und dieser Henner war dein erster richtiger Freund?«

Ich nickte.

»Und warum hat dieser Idiot dich gehen lassen?!«

Tja, das hatte ich mich auch schon oft gefragt, aber es tat unheimlich gut, das von jemand anderem zu hören, genauer gesagt, von einem anderen Mann!

Antoine schaltete das Radio ein, auf NDR 2 lief Jazz. Das passte so gut zu der Abendstimmung, als hätten die Radioleute in Hamburg die Platte extra für uns ausgesucht. Die Fenster hatten wir runtergekurbelt, ich legte meinen Arm seitlich lässig ab und die Füße vorn auf die Ablage. So fühlte sich Erwachsensein an.

Die meisten Felder waren inzwischen abgeerntet und umgepflügt, die zerfurchte, trockene Erde lag da im Abendlicht, Möwen tummelten sich darauf. Antoine fuhr etwas zu schnell, aber das störte mich nicht.

In Weidefeld kontrollierte jetzt niemand mehr am Parkplatz, vorne standen noch drei Autos, doch wir parkten ganz weit hinten und waren dort die Einzigen. Dann nahmen wir den letzten Übergang, und ich schlug vor, noch ein Stück weiterzugehen, dann wären wir wirklich für uns und könnten um diese Zeit auch nackt baden. Es dämmerte, und der Himmel war von einem fast erhabenen, intensiven Blau, als mischte man im Tuschkasten Preußisch-Blau mit etwas Schwarz. Es war ein Blau, das eine universelle Geborgenheit vermittelte. Der Mond stand halbvoll da.

Wir ließen die Klamotten in den Sand fallen und stürmten ins Wasser, Antoine sang dabei laut »Die Internationale«. Er kraulte raus, ich folgte ihm, dann schwammen wir schweigend ein Stück Brust und schließlich umarmten und küssten wir uns. Küssen im Wasser gehörte mit zu den schönsten Dingen, die man tun konnte. Es war alles so romantisch, mit dem Mond über uns, dem warmen Wasser.

Wir schwammen zurück, und als wir wieder stehen konnten, umarmten wir uns, und ich schlang meine Beine um Antoines Hüften, während er meinen Hals küsste. Der Himmel war noch ein Stück dunkler und blauer geworden. Die Ostsee umspielte uns. Ich spürte, dass Antoine erregt war, aber er drang nicht in mich ein, flüsterte nur in mein Ohr: »Wir müssen aufpassen, Lika, dass du nicht schwanger wirst.«

Dann gingen wir raus, trockneten uns ab und legten uns auf eine große Decke, die Antoine mitgebracht hatte. Es war immer noch warm genug, um nackt dazuliegen. Es war mein erstes Mal, dass ich abends nackt und mit einem Mann zusammen gebadet hatte. Antoine zündete sich eine seiner *Gitanes* an, rauchte im Liegen neben mir.

»Ah, la mer baltique, jetzt bin ich schon so lange hier und war noch kein einziges Mal Schwimmen!«

»Na, dann wurde es aber Zeit«, sagte ich. »Ich hab übrigens eine Zusage für einen Studienplatz in Erlangen bekommen. Und einen Platz in einem Studentenwohnheim in München.«

»Echt? Und wartest du jetzt noch ab, ob du auch in München einen Studienplatz bekommst? Da wolltest du doch gern hin.«

»Ach, ich weiß nicht, kann sein, dass das nicht klappt, und dann hab ich nichts. Nee, ich glaube, ich geh auf Nummer sicher und nehm den in Erlangen.«

»Und was wird man dann, wenn man Theaterwissenschaft fertig studiert hat?«

Ich zuckte mit den Schultern. Dasselbe hatte Papa mich auch gefragt. Er war nicht sonderlich begeistert von meiner Studienwahl und meinte, vielleicht würde ich ja nach einem Semester doch noch auf Lehramt wechseln. Aber Lehrerin wollte ich auf keinen Fall werden, ein Leben lang eine mehr oder weniger motivierte Gruppe von Jugendlichen zu interessieren für etwas, was ihnen total egal war, den Alleinunterhalter zu spielen und dabei vielleicht nur ein, zwei wirklich für die Sache zu begeistern, schreckte mich ab. In gelangweilte Gesichter zu blicken und auf Mädchen, die nicht mal ihr Strickzeug beiseitelegten, um was zu notieren, weil sie es einfach nicht für wichtig hielten.

Irgendwie hatte ich das Gefühl, dass Antoine mir was sagen wollte und ihm etwas auf der Seele lag.

»Ist irgendwas?«, fragte ich.

Er schüttelte den Kopf und machte die Zigarette im Sand aus. Dann legte er sich auf die Seite und studierte mein Gesicht, und es kam mir vor, als sähe er mich das erste Mal wirklich an, als wolle er sich alles gut einprägen. Er strich mir durchs Haar, über die Wangen, die Lippen. Er streichelte nur mit den Fingerkuppen meinen Hals und meine Ohren, und dann küsste er mich überall, das ganze Gesicht, den Hals, die Brüste, den Bauch und dann die Innenseite der Beine entlang, er kannte inzwischen die Landkarte meiner erogenen Zonen.

Und ich lag da, am selben Strand, an dem ich seit Jahren Boccia gespielt und als Kind Sandburgen gebaut hatte, wo ich mit Mama und Papa und Lars hinterm Windschutz gelegen oder mit meinen Freundinnen im Sommer nach der Schule ein Handtuch- und Korbtaschenlager aufgeschlagen und Surfer hinter ihren bonbonfarbenen Segeln angehimmelt hatte. Doch jetzt lag ich hier als eine andere. Mond und Sterne über mir, und ich flehte innerlich, dass er aufhörte, niemals aufhörte, weitermachte, nicht weitermachte, aber der Mann war Franzose, und ich musste ihm nichts sagen. Er wusste, was mir gefiel, ja, manchmal wusste er es vor mir. Wie alles Wichtige im Leben ging es ganz ohne Worte, und für das, was wir taten, hätte ich nicht jahrelang unregelmäßige französische Verben pauken müssen.

Als wir zurückfuhren, waren wir still. Antoine machte das Radio nicht an, die Stimmung war ganz anders als auf dem Hinweg, die Feierabendheiterkeit war jetzt einer leichten Melancholie gewichen.

»Lika, ich bin hundemüde, ich muss heute Nacht mal

richtig schlafen. Sei mir bitte nicht böse, aber ich setze dich wieder zu Hause ab, okay?«

Ich musste schlucken. »Ja, klar.«

Er legte seine rechte Hand auf meinen Oberschenkel, und ich legte meine Hand auf seine, streichelte sie. Jetzt war es dunkel, nur die Scheinwerfer erhellten die Straße, und der olle Renault machte ganz schön Krach, vielleicht fiel es mir aber auch nur auf, weil wir so still waren. Es lag Abschied in der Luft, unausgesprochener Schmerz. Das, was ich immer gewusst hatte, stand bevor.

»Die Polizei hat bei Biggi eine Liste gefunden«, begann er. »Sehr deutsch, wirklich unglaublich.« Er schüttelte fassungslos den Kopf. »Ist zwar kein Schwerverbrechen, etwas Gras zu besitzen, aber ich habe keinen Bock auf Ärger. Ich hau ab nach Sylt zu meinem Freund und werde für ihn kochen, aber wenn dich jemand fragt, du weißt von nichts, okay? Fränki sage ich, dass ich erst mal in die Bretagne zurückgehe.«

Jetzt war es ausgesprochen, er nahm den Job auf Sylt an. Das hier war unser letzter Abend.

»Warst du gar nicht in Hamburg?«, fragte ein Stimmchen, das gar nicht zu mir passte.

»Doch, aber nur kurz, dann bin ich noch nach Sylt, und wir haben alles besprochen. Ist ein sehr edles Hotel in Kampen, da kann man dem Restaurant seinen Stempel aufdrücken, die Karte völlig frei gestalten, das wird ziemlich herausfordernd für mich. Und ist gut bezahlt.«

Ich sah vor mir, wie er Fischsuppe, Kaltschale, Spaghetti mit Meeresfrüchten, edlen Kartoffelsalat und Fischbuletten auf seine ambitionierte Karte setzen würde. Er hatte sich die ganzen letzten Wochen auf die höheren Weihen vorbereitet. Der *Kakadu* war eine Zwischenstation gewesen. Mein Herz fühlte sich an, als hätte jemand einen Knoten reingemacht.

Inzwischen näherten wir uns Kappeln, das in abendlicher Beleuchtung von der anderen Schleiseite aus immer so pittoresk wirkte. Meine kleine Stadt. Antoine war nicht der Einzige, der hier abhaute, auch ich würde bald gehen.

Antoine fuhr geradeaus, bog dann ab und brachte mich nach Hause. Vor unserem Haus gab er mir, bei laufendem Motor, was ich nun wirklich nicht angemessen fand, einen Kuss auf den Mund.

»Gute Nacht, schöne Frau!«

Es war wie ein erstes Date, als würde hier gerade etwas zurückgefahren, auf Anfang, ein Junge, mit dem man ausgegangen war und der einen pünktlich und wohlbehalten wieder zu Hause bei den Eltern absetzte.

Ich griff rüber und drehte den Zündschlüssel rum, der Motor ging mit einem großen Seufzer aus. Antoine guckte sehr erstaunt und alles andere als amüsiert. Es war ein ganz neuer Gesichtsausdruck, verblüfft traf es vielleicht am besten, und ich war stolz auf mich, dass ich ihn wenigstens einmal, wenn auch kurz vor Schluss, beeindrucken konnte. So ging man nicht mit mir um, mit mir machte man nicht bei laufendem Motor Schluss.

»Weißt du noch in der Fährschänke?«, fragte ich und blickte auf den Halbmond hoch über unserem Haus. »Das Leben ist eine Jukebox, wenn du nicht selbst deine Lieder auswählst, musst du den Scheiß der anderen anhören.«

Da lächelte er mich an, mit einer Wehmut, dass sich bei mir der Herzknoten zwar löste, dafür aber das ganze Herz wie ein Klumpen in den Magen plumpste. Genauso fühlte es sich an und hatte es sich immer beim Schlussmachen mit allen Jungs angefühlt. Irgendein Organ senkte sich, irgendwas im Inneren kam durcheinander und brauchte dann wieder Zeit, an die richtige Stelle zurückzufinden. Ich kapierte, dass Antoine es so schnell hinter sich hatte bringen wollen, weil es auch ihm wehtat und weil ich ihm etwas bedeutete und dass die Liebe so viele Facetten haben konnte. Dass es auch Liebe war, wenn es keine Zukunft hatte, wenn man nicht heiraten und Kinder kriegen würde und dass das, was uns verband, einen ganz besonderen Zauber gehabt hatte. Ja, ich verstand in diesem Moment sogar, dass die Liebe ein Kind der Freiheit war.

Jetzt hatte er feuchte Augen. »Lika, das war eine wunderschöne Zeit mit dir, wenn auch zu kurz. Und was ich dir immer noch sagen wollte: Du bist ein Wunder, wenn du in der Lila Eule wie ein Derwisch tanzt.«

»Echt?« Wieder das magersüchtige Stimmchen. Jetzt wurde ich doch etwas schüchtern, auf den letzten Metern.

»Weißt du, was ich damals über dich gedacht habe?«

»Na los, sag schon.«

»Ich dachte: In ihr ist so viel Freude, aber das Leben hat sie zu einem traurigen Mädchen gemacht, ganz gegen ihre Art.«

Mich durchströmte ein warmes Gefühl, es war schön, wenn einem jemand etwas Wahres in Liebe sagte.

Ich umarmte ihn stürmisch, riss mich aber auch genauso

schnell wieder los, ich wollte nicht, dass er mich weinen sah. So öffnete ich schnell die Autotür und rief ihm noch »Bonne chance!« zu. Dann knallte ich die Beifahrertür zu und eilte in unser dunkles Haus. Papa schlief schon, wenn wir ihn nicht jetzt geweckt hatten, denn sein Schlafzimmer ging Richtung Straße.

Ich steckte in der Küche meinen Kopf in den Kühlschrank, doch es nützte nichts, dann schnappte ich mir ein kühles *Flensburger*, obwohl ich kein Bier mochte, aber ich hatte Durst und Lust auf was Kaltes, was im Rachen zischte. Draußen auf der Terrasse ließ ich den Verschluss laut ploppen, trank einen Schluck, es war ganz schön bitter. Tränen liefen mir über die Wangen, und obwohl ich den ganzen Sommer über gewusst hatte, dass das mit Antoine und mir keine Zukunft hatte, war ich doch geschockt, wie überraschend es jetzt geendet hatte. Ich würde nie mehr mit Antoine schlafen, nie mehr das Flackern in seinen tiefbraunen Augen sehen, würde seine Stimme mit dem leicht tanzenden Akzent nie mehr hören. Er würde mich nie mehr probieren lassen und für mich was zaubern, sondern auf Sylt Reiche bekochen und sich dort eine andere Geliebte suchen. Und ich musste nach Erlangen. Mir fiel wieder unser abendliches Segeln mit dem Picknick ein, wie schön die Stimmung gewesen war, dass ich meine Zuneigung zu ihm, der Schlei, dem guten Essen, dem Vor-dem-Wind-Segeln nicht voneinander trennen konnte. Und ich erinnerte mich daran, wie er mich bei meinem Vorstellungsgespräch von oben bis unten gemustert hatte und ich mich schon da fragte, was er im *Kakadu* und in Kappeln zu suchen hatte.

Ich fing an zu weinen, da hörte ich die Terrassentür, und Papa trat barfuß in seinem gestreiften Pyjama heraus, auch er ein Bier in der Hand. Er sah aus, als ginge er auf eine Pyjamaparty.

»Ach, Lika.« Er streichelte meine Schulter.

»Papa?«

»Ja?«

»Frag jetzt bitte nichts. Nimm mich einfach nur in den Arm!«

Er stellte sein Bier ab, ich stand auf, und Papa umschloss mich mit seinen Armen. Ich schluchzte an seiner Brusttasche und durchnässte schon bald den Baumwollstoff mit der kleinen aufgestickten schwarzen Rose. Es war ein Weinen, das weit über den Anlass an dem Abend hinausging, ja zurückreichte, und vielleicht war es sogar auch schon ein in die Zukunft weisendes Weinen, das etwas vorwegnahm. Auf jeden Fall handelte es sich um ein universelles Weinen.

Papa schien es zu spüren. Er war ganz weich, streichelte mir über den Rücken und sagte nur leise: »Ach, meine Kleine, was bist du groß geworden! Und mit dir dein Kummer.«

»Ich will mich nie mehr verlieben. Es tut so weh.«

»Ja, Lika. Das tut es.«

»Und Mama hat uns belogen. Ich hasse sie dafür.«

»Wie kommst du denn darauf?«

»Ach, Papa!« Ich zögerte.

»Du meinst auf ihrem letzten Zettel? Na, das wollen

wir doch jetzt nicht überbewerten, oder? Damit werden wir ihr nicht gerecht, Lika.«

Papa schien nichts zu wissen von diesem anderen Mann oder nicht zu ahnen, dass ich etwas wissen könnte. Ich löste mich aus der Umarmung und trank einen Schluck von meinem Bier, Papa tat dasselbe. Ich beschloss, nicht weiter darüber zu sprechen, mir war gerade nicht danach. Und es war alles zu kompliziert.

Wir setzten uns wieder, und dann erzählte Papa, dass er an dem Tag mit der Klassenlehrerin von Lars, Frau Riewerts, gesprochen habe. Als ich Papa am Vortag von der Szene auf dem Schulhof berichtet hatte, war er sichtlich geschockt gewesen.

»Sie hat mir geraten, Lars wegen des Stotterns zu einem Spezialisten zu schicken.«

»Sehr gute Idee«, sagte ich.

»Sie kennt da einen in Flensburg, da müssen wir jetzt einmal die Woche hin.«

»Nach Flensburg fährst du doch sicherlich gerne«, neckte ich Papa.

Er guckte mich an, biss sich auf seine Unterlippe, dann schien er sich in seinem Pyjama einen Ruck zu geben und richtete sich auf. Räusperte sich, leise.

»Lika, wegen Susanne. Ich habe neulich ja mitbekommen, dass du nicht begeistert von ihr warst.«

»Papa, entschuldige, ich wollte nicht unhöflich sein, aber das kam alles total überraschend für mich. Ich war echt überfordert. Sitzt sie da auf Mamas Stuhl, und euch schien das gar nicht zu stören.«

»Ich weiß, Susanne ist ein ganz anderer Typ als Mama.

Aber sie tut mir gut, ihre so unkomplizierte Art, mit ihr kann man Pferde stehlen.«

Papa im Pyjama rührte mich, wie er mir zu erklären versuchte, dass er sich verliebt hatte.

Er lächelte, nahm meine Hand und strich darüber.

»Es ist ja alles noch ganz frisch, und wer weiß, wie es sich entwickelt. Ich … ich wollte dich bitten, Susanne eine Chance zu geben. Mir zuliebe. Damit sie gern hierherkommt.«

Ich lächelte meinen Vater an.

»Alles klar, Papa, mach ich.«

Wir schwiegen einen Moment lang und blickten in den Nachthimmel.

»Weißt du, was ich neulich gedacht habe, Papa?«

Er guckte mich fragend an.

»Ich glaube, wir sollten Mamas Gemüsegarten aufgeben und dort auch Rasen säen. Dann habt ihr mehr Platz zum Fußballspielen, Lars und du.«

Papa sah mich an, nickte zustimmend. »Tja, ich habe wirklich keinen grünen Daumen und finde, dass man Salat auch im Laden kaufen kann. Ach ja, deine Tante Gesine hat vorhin angerufen, als du weg warst. Sie kommt am Wochenende nach Kappeln.«

»Oh, wirklich?«

Ich freute mich riesig. Ein Besuch meiner Tante war doch eine sehr schöne Aussicht. Außerdem musste ich sie was fragen.

15.

Die Schleiperle

Ich traute meinen Augen nicht, als ich am nächsten Tag zur Frühschicht den *Kakadu* betrat. Am Tresen palaverte Sabine in blütenweißer gebügelter XXL-Kochkleidung gerade mit Fränki und notierte auf einem Zettel, was er alles für sie im Großmarkt einkaufen sollte. Eine Köchin, die nicht selbst einkaufte, das war ja wohl das Allerletzte.

Fränki grüßte mich kurz angebunden, er schien sauer zu sein. Sabine dagegen strahlte mich mit einem XXL-Lächeln triumphierend an, ein Honigkuchenpferd war ein Scheiß dagegen.

»Moin allerseits«, sagte ich in das zehnmalige Schlagen der Uhr hinein und ging direkt in die Küche, wo Andrea heulend einen Riesenberg bereits geschälter Zwiebeln in Ringe schnitt. Sie haute mit dem großen scharfen Messer auf die Zwiebeln ein, als würde sie jemanden in kleine Stücke zerteilen. Eine in Kittelschürze getarnte irre Mörderin stand da.

»Na, schöne Frau«, sagte sie gehässig und guckte kurz hoch. Wenn Blicke töten könnten!

So falsch lag ich offensichtlich nicht mit meiner Ahnung. Ich musste schlucken.

»Ist Antoine weg? Für immer?«

Sie guckte mich an, nickte, und ich sah, dass die Zwiebeln bei ihren Tränen eine untergeordnete Rolle spielten.

»Er kommt nicht wieder, sagt Fränki.«

Ich ging zu ihr hin.

»Andrea, Antoine war einfach zu gut für den Kakadu, und Fränki hat ihn mies bezahlt.«

Sie nickte, dann schluchzte sie unter ihren Tränen.

»Mir gibt er ja auch nur 6 Mark.«

»Aber mit Sabine hast du dich doch auch immer gut verstanden«, versuchte ich Andrea aufzumuntern.

Sie zuckte mit den Schultern.

»Aber Antoine war so schön!«

Dann legte sie das Messer ab und schlug plötzlich nach mir, mit beiden Fäusten trommelte sie auf mich ein, nicht doll, aber doch spürbar.

»Andrea, lass das!«

»Ich hasse dich. Du bist schuld. Ich hasse dich, es ist deine Schuld, dass er weg ist.«

»Das ist doch Quatsch, jetzt hör mal auf!«

Ich versuchte ihre Hände abzuwehren.

Sabine betrat die Küche und sagte streng: »Andrea! Was machen meine Zwiebeln für die Zwiebelsuppe? Bist du bald mal fertig? Ich muss gleich loskochen.«

Oh, Gott, die Zwiebelsuppe kam zurück auf die Speisekarte, und sicher auch die Möhrchen aus der Dose. Die Sättigungsbeilage feierte ihr Comeback im *Kakadu*, und das würde sich schnell in Kappeln herumsprechen.

Ich ging raus an den Tresen, wo mich Fränki schon erwartete.

»Und wie lange weißt du schon, dass Antoine einfach mir nichts, dir nichts aufhört und nach Frankreich zurückgeht?«

»Fränki, auch erst seit gestern Abend!«

Er guckte mich an, schien noch zu überlegen, ob er mir glauben konnte. Dann schüttelte er fassungslos den Kopf.

»Stellt mir das Auto hin und wirft mir den Schlüssel und die Kündigung in den Briefkasten. Na ja, Monsieur hat ja immer gemacht, was er wollte. Zugegeben, Antoine konnte gut kochen, aber er hat mich dabei durchaus auch ruiniert, musste ja immer das Beste sein für den Chef de Cuisine. Zum Glück konnte Sabine sofort einspringen.«

»Du hättest Antoine eben besser bezahlen müssen, Fränki, dann wäre er vielleicht geblieben. Für gute Leute muss man auch gut bezahlen!«

»Ach, das muss ich mir von einer Abiturientin sagen lassen, die bei 8 Mark Stundenlohn jedes zweite Tablett fallen lässt?«

Seine blauen Augen funkelten böse. Ich schnappte nach Luft, aber es war klar, dass er sich diese Sachen gemerkt hatte. Gut, ich hatte vielleicht wirklich einen Schaden verursacht, wenn zehn Getränke zu Boden gingen und zehn Gläser zu Bruch. Er aber hatte den Ausfall gesehen, den Verlust des Umsatzes, dessen, was ihm diese Getränke eingebracht hätten. Da standen ja locker 20 Mark auf dem Tablett.

»Nicht jedes Zweite, Fränki, es waren zwei! Und in den ersten zwei Wochen!« Ich war erstaunt, dass ich inzwischen so was wie eine Kellnerinnen-Ehre besaß.

»Schluss mit der Diskussion, Lika, jetzt aber mal ran an die Arbeit, draußen warten schon zwei Tische auf dich!«

Ich schnappte mir meinen Block und Stift und ging auf die Terrasse. Meine Lust, im *Kakadu* zu arbeiten, wenn hier Sabine wieder kochte, hielt sich in Grenzen. Meine Zeit lief ab, das spürte ich.

Wenn Tante Gesine nach Kappeln kam, übernachtete sie immer bei Oma. Sie wollte dann unbedingt in der *Schleiperle* in Arnis essen, und Oma lud uns alle ein, Tante Gesine, Papa, Lars und mich. Die *Schleiperle* war ein aus Holz erbautes, mittelblau angestrichenes Restaurant, das zwischen den Arnisser Werften auf Pfählen in der Schlei stand und das Oma noch von früher kannte. Kein Restaurant an der Schlei lag so schön, man konnte direkt aufs Wasser gucken, auf die vorübersegelnden Boote und rüber bis zur Schwonsburg auf der anderen Seite.

Tante Gesine arbeitete bei der Lufthansa und lebte in Frankfurt. Sie war im Vorjahr vierzig geworden und hatte seit über acht Jahren einen festen Freund, Manfred, einen Piloten, der aber verheiratet war und zwei Kinder hatte. Oma war daher gar nicht begeistert von dieser Verbindung, und auch meine Mutter hatte zu Beginn die Nase gerümpft.

In unserem ersten Sommer im neuen Haus hatte Tante Gesine Manfred nach Kappeln mitgebracht, damit die Familie ihn endlich kennenlernte, ihre große Liebe, und um ihm ihre Heimat zu zeigen. Manfred war mittelgroß, dunkelblond, braun gebrannt, trug eine teure Armbanduhr und sah genauso aus, wie ich mir einen Piloten vorstellte. Die Tatsache, dass er verheiratet war, ignorierten wir alle an diesem Wochenende, und wenn man es ignorierte, musste man feststellen, dass Manfred und meine Tante ein sehr schönes Paar waren, liebevoll miteinander umgingen und wie ein eingespieltes Ehepaar wirkten, aber verliebter. Sie flogen meistens ihre Touren gemeinsam, und Manfred machte bei seinen Ansagen aus dem Cockpit immer eine versteckte Liebeserklärung an Tante Gesine, die nur sie verstand. So dachte sie sich für ihn ein schwieriges Wort aus, das er in seine Ansage einbauen musste, nur dann galt es als Liebeserklärung.

»Einmal hat sie mir ›Kühlschrank‹ mitgegeben, das war natürlich eine Herausforderung, und einmal das Wort ›Schlüpfer‹.«

Wir brüllten vor Lachen auf der Terrasse, vor allem meine Tante.

»Und wie hast du den Schlüpfer untergebracht?«, fragte meine Mutter neugierig.

»Ich habe dann gesagt: Guten Morgen, hier spricht ihr Kapitän, Manfred Mohr, ich begrüße Sie herzlich auch im Namen meines Co-Piloten, Peter Schlüpfer.«

Tante Gesine heulte auf in Erinnerung an die Szene. »Das Gesicht meiner Crew-Kollegen in der Kabine werde ich nie vergessen, allen fiel der Kinnladen runter.«

»Er hieß Peter Kohlmeyer«, erklärte Manfred, »ich musste ihm dann einen ausgeben nach der Landung, er hat es mit Humor genommen. Seinen Spitznamen hatte er allerdings für immer weg.«

Meine Tante war schlank, aber mit viel Oberweite, hatte kurze braune Haare und kam mehr nach meiner Oma, während meine Mutter ihre blonden Haare von Opas Seite hatte und angeblich einer Schwester von Opa, die früh verstorben war, sehr ähnlich sah. Tante Gesine war stets sportlich-elegant gekleidet, sehr stilvoll, hatte immer eine Handtasche von Aigner dabei und trug hochhackige Schuhe.

Auch für die *Schleiperle* hatte sie sich an diesem Samstagmittag in Schale geworfen, und nun saßen wir alle an dem Tisch mit der weißen gestärkten Tischdecke, meine Tante und ich direkt am Fenster uns gegenüber. Ein paar Boote segelten vorbei, und Tante Gesine guckte sehr glücklich.

»Ach, was für eine schöne Heimat, zumindest im Sommer! Wisst ihr, was ich immer gegen Heimweh tue? Da denke ich einfach an den November oder – noch schlimmer – an Januar oder Februar, wenn es ständig regnet, immer bedeckt ist und alle Felder nur Matsch.«

Das erinnerte mich an meine Strategie gegen Liebeskummer.

»Und Lika? Freust du dich auf dein aufregendes Studentenleben? Mit wilden Partys, neuen Bekanntschaften, süßen Kommilitonen.«

»Was sind süße Kommiltonen?«, fragte Lars, »was zu naschen?«

»Zum Vernaschen, genau«, sagte Tante Gesine und strich ihm durchs Haar.

Ich lächelte und wusste, dass meine Tante mal wieder mächtig übertrieb.

»Du gehst also nach Erlangen, Schätzchen? Das ist doch gar nicht so weit von Frankfurt, dann kommst du mich mal besuchen?«

Ich nickte. »Klar, gern.«

»Oder ich komme mal vorbei zu einer wilden Studentensause, sag Bescheid! Muss aber Drogen geben!«

Oma schüttelte nur den Kopf über Tante Gesines Benehmen.

»Ist nicht jede so eine Partymaus. Lika ist etwas ernsthafter als du in dem Alter«, sagte sie über ihrem Betrügerchen.

Mir kam das erste Mal der Gedanke, dass diese Krägen nur unter einem richtigen, blickdichten Pullover funktionierten, nicht unter einem Häkel- oder Strickpullover mit Lochmuster, der deutlich das Betrügerchen offenlegte und damit den Betrug.

Oma freute sich zwar immer, wenn Gesine aus Frankfurt zu Besuch kam, und war in Spendierlaune, aber mir fiel auf, dass sie den Lebensstil und frivolen Ton ihrer jüngeren und inzwischen einzigen Tochter eher kritisch sah. Doch an Tante Gesine perlte das ab. Sie zündete sich gerade eine ihrer *Kim* an. Zu niemandem passten diese Zigaretten so gut wie zu ihr.

Wir hatten inzwischen alle bestellt und warteten auf unser Essen. Das konnte dauern, denn der Koch bereitete in der kleinen Küche alles selbst zu und arbeitete Gericht für Gericht ab. Es war halb eins, und wir wollten später noch an den Strand fahren.

Papa fragte Tante Gesine, welche Route sie gerade flog, und sie sprudelte los, erzählte von New York,

Boston und der Ostküste der Vereinigten Staaten und wie herrlich das alles war. Außerdem hatte sie immer tolle Anekdoten auf Lager von betrunkenen Gästen oder von Promis, die sich danebenbenahmen. Einmal hatte ein bekannter Quizmaster vom Fernsehen sie gefragt, ob sie nicht als Assistentin für ihn arbeiten wolle, sie sei telegen, doch sie hatte dankend abgelehnt. Ihre Touren waren ja meistens dieselben wie die von Manfred, und wenn sie unterwegs waren, dann teilten sie das Hotelzimmer, gingen gemeinsam aus und waren wie ein Paar. In Frankfurt fuhr er dann wieder nach Hause zu seiner Familie und meine Tante allein in ihre Wohnung. Einen Heiratsantrag pro Flug bekam sie auch immer.

Lars baute nebenbei gerade wieder aus Bierdeckeln einen Turm, und Tante Gesine half ihm dabei, indem sie ab und zu auch einen Bierdeckel platzierte mit ihren weinrot lackierten Fingernägeln. Dann kippte der Turm um, und ich sah nur aus dem Augenwinkel, dass die Bedienung genervt guckte. Die Beilagensalate kamen, die hier immer besonders lecker schmeckten, und schon bald wurden auch die gebratenen Fische serviert und die Bratkartoffeln. Da musste ich an Antoine denken und wie es ihm wohl auf Sylt erging. Und ärgerte mich, dass er und ich nie auf die Idee gekommen waren, mal in der *Schleiperle* essen zu gehen. Eine leichte Wehmut befiel mich, und als ich auf die Schlei sah, erinnerte ich mich, wie wir bei unserem Törn hier vorbeigesegelt waren und Antoine an der Pinne im Abendlicht unglaublich gut ausgesehen hatte.

Nach dem Nachtisch zahlte Oma, und wir standen auf.

»Am liebsten würde ich mit meinem Patenkind unten an der Schlei zu Fuß nach Kappeln zurückgehen!«, sagte Tante Gesine, und ich guckte ungläubig auf ihre Lackpumps.

»Kein Problem, zur Not ziehe ich sie aus.«

»Ich will auch mit«, dibberte Lars, doch Papa strich ihm durch die Haare.

»Du musst zum Fußballspiel, junger Mann! Der FC Rabel kennt kein Pardon.«

»Gut, dann geht ihr zwei doch ein wenig, ich muss mich dringend etwas hinlegen«, sagte Oma. Ihre Mittagsstunde war heilig, und wir scherzten immer, selbst wenn der Papst um ein Uhr bei ihr an der Tür klingelte, würde sie sich zu einer Mittagsstunde entschuldigen. Nichts, aber auch gar nichts auf der Welt konnte sie davon abhalten, und sie fluchte immer, wenn Beerdigungen um halb zwei stattfanden.

Tante Gesine und ich schlenderten am Ufer entlang durch Arnis, gingen dann aus dem Ort raus ein kleines Stück die Straße entlang und bogen rechts ab auf einen zugewachsenen Feldweg, der direkt Richtung Schlei führte. Es war sehr warm, aber inzwischen war man daran gewöhnt. Die Schuhe meiner Tante wurden schnell staubig. Sie hatten zu ihrem blauen Bleistiftrock und der cremeweißen Seidenbluse mit Stehkragen toll ausgesehen, passten aber überhaupt nicht hierher auf diesen Feldweg. Meine Tante hatte vergessen, wie man sich hier oben kleidet, dachte ich und musste schmunzeln. Tante Gesine wirkte wie vom Himmel gefallen.

»Ich hatte früher mal einen Freund in Arnis«, hörte ich sie neben mir. »Michael Eggers, der Sohn des Pastors. Hier sind wir manchmal spazieren gegangen, Michi und ich. Und dann hat er mir einen zaghaften Kuss auf den Mund gegeben, dort unten bei der Hühnerfarm, und ich wartete immer, dass da noch mehr kam und er mir wenigstens mal an den Busen fasste, aber Michael war unglaublich schüchtern und hat stattdessen aus einem neuen Gedicht zitiert, das er gerade für mich schrieb. Süß, oder?«

Ich lächelte. Es war schier unglaublich, dass diese so freizügig plappernde Person eine Tochter von Oma und die Schwester meiner Mutter war.

Inzwischen waren wir unten am Wasser angekommen, in Königsstein. Die Mittagssonne glitzerte auf der Schlei, Tante Gesine zeigte darauf und fuhr fort: »Es waren sehr kitschige Gedichte mit so gesuchten Vergleichen, die mir gar nicht gefielen. Meine Augen verglich er mit den Reflexen auf dem Wasser, und mich selbst nannte er die Perle der Schlei. Da habe ich Reißaus genommen!« Sie lachte, aber mehr über sich selbst. »Immer wenn Manfred mich hochnehmen will, nennt er mich seine Schleiperle.«

»Tante Gesine, ich muss dich mal was fragen. Du warst doch immer sehr eng mit Mama, ihr habt euch doch viel erzählt.«

»Ja, das haben wir. Eigentlich alles. Sie fehlt mir so,

Lika! Sie war ja nicht nur meine große Schwester, sondern auch meine beste Freundin.«

»Ich weiß. Mir fehlt sie auch, aber ich habe da etwas über Mama herausgefunden, was mir keine Ruhe lässt.«

»Warte mal!«, sie fasste mich an der Schulter an und zog sich erst den einen Schuh, dann den anderen aus und nahm beide in die linke Hand. Rechts hakte sie mich jetzt unter und ging einfach barfuß weiter, wie ein Hirtenmädchen, das nach Chanel roch.

»Liebes, was meinst du damit, du hast etwas über sie herausgefunden?«

»Ich bin mir sicher, dass Mama im Sommer 73 einen Liebhaber hatte, bei dieser Chorreise nach Schweden, erinnerst du dich?«

»Wie kommst du denn darauf?«

Ich hörte weniger Erstaunen in ihrer Stimme als vielmehr Ratlosigkeit und Überforderung. Ich war aus heiterem Himmel dabei, den schönen Sommertag in der Heimat zu beschweren, meiner fröhlichen Tante Ernsthaftigkeit abzuverlangen. Sie schien irritiert. Ihr Patenkind stellte sie zur Rede, eine Premiere. Wenn doch nur Empörung in ihrer Stimme gewesen wäre, sie mich ausgeschimpft hätte, was ich da für einen Blödsinn erzählte! Aber nichts dergleichen. Meine sonst so kecke und energische Tante, die jeden betrunkenen Fluggast mit ihrem Charme und ihren Sprüchen in Schach halten konnte, war verunsichert, und da ich das zum ersten Mal erlebte, verunsicherte es auch mich.

»Ich habe eine Fahrkarte gefunden in einem Kleid

von ihr, auf die jemand geschrieben hat ›Die Liebe ist ein Kind der Freiheit‹. Ich weiß, dass sie nach dem Schwedenurlaub öfter auf dem Butterdampfer nach Sonderburg gefahren ist, angeblich zu einer dänischen Freundin, einer Henne Olsen, aber sie hat sich, das erzählte mir die Mutter einer Freundin, auf dem Schiff schminken lassen. Und du weißt, Mama hat sich nie geschminkt und hätte es sicher nicht für den Besuch bei einer Frau getan. Ich bin mir daher sicher, dass es diese Henne nicht gab, sondern stattdessen einen Mann, und ich vermute, dass es sich um ihren dänischen Chorleiter handelte.«

Wir blieben stehen. Meine Tante wandte sich mir zu und sah mir ins Gesicht. Ihre braunen Augen waren voller Tränen.

»Sören, Sören Asmussen. Ja, Schätzchen, in den hat sie sich da oben in Schweden total verliebt. Und er sich in sie. Aber beide waren verheiratet und haben dann beschlossen, vernünftig zu sein.«

Sie wischte sich kurz die Tränen weg. Ich blickte sie an und wusste, dass ich auf dem richtigen Weg war. Aber wollte ich wirklich alles wissen?

»Sie haben sich nach Schweden noch ein paarmal in Dänemark oder Flensburg getroffen, aber die Ehe deiner Eltern, die vorher wirklich in einer großen Krise war, die lief auf einmal wieder besser, und Christiane sah durch die Affäre mit Sören, was sie an Stefan hatte. Dieser Sören war auch ein etwas schwieriger Künstler. Tja, und dann hat ja auch dein Bruder Lars Fakten geschaffen.«

Wir lächelten uns beide an.

»Meinst du, sie hat Papa von diesem Sören erzählt?«

»Ich glaube ja, doch, sie hat es ihm gebeichtet. Er hat ihr verziehen, soweit ich weiß.«

»Dann ist da noch etwas, Tante Gesine. Mama war am Tag vor ihrem Tod, also vor dem Unfall, heimlich in Flensburg. Weißt du, was sie da gemacht hat?«

Eine Holzbank stand am Wegesrand, und meine Tante schlug vor, dass wir uns setzten. Sie rieb sich die Ferse, dann öffnete sie ihre Handtasche und holte ihre Packung *Kim* heraus.

Sie zündete sich eine an, inhalierte und stieß den Rauch aus.

»Sie hat diesen Sören dort nach sechs Jahren das erste Mal wiedergesehen. Er hatte einen Lehrauftrag in den USA angenommen und war kurz davor wegzugehen. Sie rief mich zwei Tage vorher an und fragte, ob sie ihn treffen solle, er habe darum gebeten. Er wollte sie noch einmal sehen, bevor er wegging. Ich habe ihr gesagt, das müsse sie selbst entscheiden, vielleicht würde es sie auch zu sehr aufwühlen.«

Sie atmete tief durch, dann nahm sie wieder einen Zug von der Zigarette, blickte auf die Schlei und schüttelte den Kopf, sichtlich bewegt. Eine andere, mir neue Gesine kam zum Vorschein.

»Es war wohl ein Desaster, dieses Treffen. Sie rief mich aus Flensburg von einer Telefonzelle aus an. Ich erholte mich gerade von einer Grippe und war deswegen die Woche über zu Hause in Frankfurt. Sie war völlig aufgelöst. Er hatte sich scheiden lassen und fragte sie, ob sie ihm folgen wolle in die Staaten, und sie hatte abgelehnt. Da war er enttäuscht und sauer und hat etwas sehr Verletzendes gesagt.«

Ohne dass meine Tante weiterredete, wusste ich, dass es etwas mit dem Foto von Lars zu tun haben musste. Mit Lars selbst. Auf einmal hatte ich so eine ganz seltsame Ahnung, wagte den Gedanken aber nicht weiter oder gar zu Ende zu denken. Und trotzdem kam die Frage aus mir, ganz gegen meinen Willen, das war total schräg, als würde ein Es die Frage stellen, nicht ich.

»Hatte das was mit Lars zu tun?«

»Hoppla, Lika, wie kommst du denn jetzt da drauf!«

»In Mamas Brieftasche war ein Kindergartenfoto von Lars, auf dem hinten sein Geburtsdatum stand. Das hat mich total gewundert, aber vielleicht hat sie das Foto ja für Sören Asmussen mitgenommen. Ja, ganz sicher. Heißt das etwa … dass Lars …«

Ein tiefes Stewardessen-Tanten-Stöhnen neben mir.

»Du machst mich wahnsinnig. Wo ist mein kleines Patenkind Angelika abgeblieben, das beim Memoryspielen geschummelt hat?! Damit konnte ich wesentlich besser umgehen!«

Sie rauchte die Zigarette zu Ende und machte sie am Boden aus. Sie betrachtete ihre lackierten Fingernägel und schien zu überlegen, doch dann sagte sie:

»Ja, Lika, Lars ist von Sören. Deine Mutter hat mir mal ein Foto von ihm gezeigt, und er hatte genau den gleichen Haarwirbel vorne. Da gab es keinen Zweifel. Eine Zeit lang wusste Christiane nicht, von wem sie schwanger war, aber als Lars älter wurde, sah sie in ihm immer wieder so viel von Sören, und als der Haarwirbel kam, da war es ihr klar und mir auch. Aber dein Papa weiß von nichts. Oder sagen wir, wollte von nichts wissen. Er hat Lars immer als seinen Sohn betrachtet.«

Das war ganz schön viel starker Tobak auf einmal. Mein Bruder Lars war nicht von Papa. Er war nur mein Halbbruder, und ein Mann, den ich nicht kannte und der jetzt in den USA lebte, war sein Vater.

»Bei dem Treffen in Flensburg hat sie Sören das Foto von Lars gezeigt und gesagt, dass der Kleine stottert. Dann wollte sie von ihm wissen, ob er oder eines seiner Kinder auch gestottert habe. Das hat er alles verneint. Sie wollte ihm dann das Foto von Lars mitgeben, doch er hatte es abgelehnt und ihr gesagt, dieser stotternde Junge interessiere ihn nicht und er fühle sich nicht als sein Vater. Eiskalt sei er gewesen, und das war das, was deine Mutter mir von der Telefonzelle aus erzählt hat. Sie hätte danach nicht gleich ins Auto steigen sollen, sie war vollkommen durch den Wind. Ich mache mir solche Vorwürfe, dass ich sie nicht abgehalten habe.«

Meine Tante schluchzte. Ich legte meinen Arm auf ihre Schulter.

»Tante Gesine, du kannst doch nichts dafür, Mama wollte zum Abendbrot zurück sein. Und sie war schon immer eine hektische und schlechte Autofahrerin.«

Meine Tante lächelte unter Tränen und nickte.

»Stimmt, das war schon legendär, wie oft Christiane eine Schramme gemacht hat oder ihre vielen Strafzettel!«

Wir waren beide still und sahen einfach nur aufs

Wasser. »Aber, du glaubst nicht, dass sie mit Absicht …«, fing ich an.

Sie schüttelte den Kopf. »Nein, Lika, das darfst du nicht denken, deine Mutter hatte nichts, aber auch gar nichts an sich, was auch nur andeutungsweise in diese Richtung ging. Sie hat sich garantiert nicht mit Absicht totgefahren. Sie war zwar wütend und aufgewühlt, aber sie war doch glücklich mit deinem Vater, euch beiden Kindern, dem neuen Haus und Garten, das hat sie mir auch immer wieder gesagt. Ihre einzigen Probleme waren Lars' Stottern und die Schnecken!«

Jetzt mussten wir beide lächeln, und dann legte meine Tante ihren Arm um mich und drückte mich ganz fest an sich.

»Sie wäre so stolz auf dich, wenn sie dich sehen könnte. Das weiß ich ganz sicher, Lika. Und ich bin so stolz auf dich, wie du dich gemacht hast. Und dein Vater ist so reizend zu Lars und du auch, und wir sollten jetzt niemanden verunsichern mit diesen ollen Kamellen, oder was meinst du?«

Ich horchte in mich rein, ob die Tatsache, dass Lars nur ein Halbbruder war, irgendetwas änderte an meinen Gefühlen zu ihm. Bisher deutete nichts darauf hin. Er war derselbe, und ich war dieselbe, und das Einzige, was mir leidtat, war die bescheuerte Reaktion von diesem Sören Asmussen, dass ihn dieser wunderbarste Junge der Welt nicht interessierte. Das musste ein Schlag ins Gesicht gewesen sein für Mama.

»Komm«, sagte Tante Gesine und erhob sich. »Ich freue mich schon so auf die Ostsee!«

Wir gingen weiter an der Schlei, bis wir am Segelhafen ankamen, und dort entschied Tante Gesine, dass wir für den Rest einfach ein Taxi nahmen. Ich stieg das erste Mal in meinem Leben am hellichten Tag in Kappeln am Hafen einfach in ein Taxi ein, und meine Tante sagte dem korpulenten Fahrer das Ziel und dass sie Blasen an den Füßen habe.

Er lächelte in den Rückspiegel.

»Mensch, das ist doch Gesche Hansen, oder? Kennst mich nicht mehr? Karl-Eduard Kock, wir waren zusammen in der Volksschule!«

»Kalle?«, fragte Tante Gesine überrascht.

Er machte das Taxameter aus. »Gesche, geht aufs Haus!«

»Oh, wie reizend, aber du warst ja schon damals ein Kavalier!«

Zu mir rüber sagte sie: »Kalle hat mal jedem Mädchen in der Klasse ein Stiefmütterchen aus der Gartenanlage des Schulhofs gepflückt und überreicht. Dafür bekam er dann von unserem Klassenlehrer fünf Schläge mit dem Lineal, aber er hat keine Miene verzogen.«

Es war rührend, wie im Rückspiegel ein dicker, erwachsener Mann das stolze Lächeln des kleinen Kalle auflegte.

»Und wo bist du jetzt abgeblieben?«

»In Frankfurt, bin bei der Lufthansa.«

»Und mal wieder zu Besuch in der alten Heimat?«

»Ja, ist zu schön. Vor allem, wenn man eine so liebe Nichte hat.«

Er grinste wieder in den Rückspiegel. Und dann staunte ich, wie viele Anekdoten und Witze auf einer kurzen Taxifahrt ausgetauscht werden konnten. Ich hörte allerdings nur mit einem halben Ohr zu, denn ich war in Gedanken noch bei all dem, was mir meine Tante anvertraut hatte.

16.

Familienbande

Schlaksi schrieb aus Paris und erzählte von ihrem Alltag als Au-pair und was sie alles tun müsse, dass sie vormittags auf eine Sprachschule ginge und ein süßes kleines Dienstbotenzimmer unterm Dach habe, une chambre de bonne; ich solle sie mal besuchen kommen!

Ich musste bald nach Erlangen, mich an der Universität einschreiben und nach einem Zimmer ab Oktober suchen, und auf dem Rückweg würde ich Schlaksi in Paris einen Besuch abstatten, so war der Plan. Es gab ja so viel zu besprechen mit ihr, aber das mussten wir direkt machen, das ging nicht per Brief.

Die Sache mit meinem Bruder und Sören Asmussen spukte mir natürlich die ganze Zeit durch den Kopf. Egal, ob Lars gerade genüsslich popelte, in sein Sprungseil-Mikro »Da-da-da« hineinsang oder im Garten rumbolzte auf seinen dünnen Beinen, immer wenn ich ihn ansah, fragte ich mich, ob das, was ich neuerdings wusste, irgendeinen Unterschied für mich machte. Ob ich ihn jetzt weniger liebte, meinen Halbbruder. Was für ein seltsames, kaltes Wort, das, so spürte ich, überhaupt nicht zu Lars passte. Ich fragte mich, ob ich nun meinen Rang als höher empfand, weil ich die leibliche Tochter von Papa war. All das rumorte in mir, aber meine Gefühle für Lars zeigten wie eine Kompassnadel unverändert wie immer gen Norden. Nur zu meinem Mitleid, dass er viel zu früh seine Mutter verloren hatte, kam jetzt noch, dass sein richtiger Vater ihn abgelehnt hatte und nichts von ihm wissen wollte. Ich hasste diesen Sören Asmussen dafür und konnte mir vorstellen, wie kränkend es für meine Mutter gewesen sein musste, dass er nicht mal das Foto von Lars angenommen hatte.

Mehr noch als all das aber beschäftigte mich die Frage, was mein Vater von allem wusste. Wie ehrlich hatten meine Eltern damals über alles geredet? Da musste ich noch mal in Ruhe bei Papa vorfühlen. Aber da das kein einfaches und angenehmes Gespräch sein würde, das mir da im wahrsten Sinne bevorstand, schob ich es vor mir her. Außerdem war es gar nicht so leicht, meinen Vater in Ruhe zu sprechen, denn die Wochenenden verbrachte jetzt meist Susanne bei uns, aber auch unter der Woche kam sie mal mit ihrem Golf rübergedüst, blieb über Nacht und fuhr morgens zurück.

An einem Abend hatte ich mit ihr, Papa und Lars auf der Terrasse Monopoly gespielt. Dabei hatte ich mich gleich auf Mamas Stammplatz vor den Rosen gesetzt, damit es gar nicht erst wieder zu irgendwelchen komischen Anwandlungen bei mir kam. Susanne, die mir gegenübersaß, hatte mir eiskalt die Schloßallee und die Parkstraße vor der Nase weggeschnappt, aber dann hatte sie, während diese Oberkapitalistin ein Scheißhotel nach dem anderen auf ihre Parkstraße setzte, ganz nebenbei zu mir gesagt, dass ich doch für mein Studentenleben dringend eine Stereonanlage bräuchte und sie hätte da noch eine übrig, die einwandfrei funktionierte. Mit Boxen, die einen spitzenmäßigen Klang hätten. Perfekt für AC/DC oder die *Doors*.

»Echt?« Ich hatte sie aus Mamas Stuhl über den Tisch hinweg angestrahlt, und sie hatte gelächelt.

»Wenn du willst, bring ich sie nächstes Mal mit. Dein Papa leiht dir ja sicher seinen Passat für deinen Umzug, oder, Stefan?«

Papa nickte, schien aber etwas überrumpelt.

Und dann kassierte sie die Miete, die ich auf der Schloßallee an sie zahlen musste, zählte sogar die Scheine nach, die ich ihr gab. Vor ihr stapelte sich das sortierte Papiergeld und Papa sagte nur:

»Tja, Susanne, man merkt, dass dein Vater Kassierer bei der Raiffeisenbank war.«

»Und meine Mutter Kassenwart beim Kleingartenverein Handewitt.«

»Ich will später auch Kassierer werden!«, sagte Lars begeistert, und Papa lachte.

»Letzte Woche wolltest du noch Bäcker werden, bis du gehört hast, dass man da ganz früh aufstehen muss.«

»Und was ist mit deinem Berufswunsch Sänger von Trio? Hatten wir das nicht in unserer Berufsberatung für dich herausgefunden?«, fragte ich ihn.

Lars' Lieblingsspiel war eine Zeit lang mal »Arbeitsamt« gewesen, und ich hatte dort mit ihm einige Tests gemacht – Schreiben, Singen, Vorturnen – und ihm eine Begabung im Musischen attestiert.

Mein Bruder grinste aus seinem Gartenstuhlsitzkissen heraus. »Das will ich immer noch sein! Ich will ganz viele Gupies.«

Susanne fiel fast vom Stuhl vor Lachen.

Diese Susanne Petersen war ein Phänomen. Nicht nur, dass sie einen Zauberwürfel so schnell löste, wie andere sich die Zähne putzten, sie hatte auch beim Monopoly innerhalb einer halben Stunde die Schlüsselpositionen besetzt und nahm uns alle gnadenlos aus. Zwischendrin aber fassten Papa und sie sich dann ganz verliebt kurz an. Sie küssten sich zwar nicht vor unseren Augen, aber es fiel ihnen schwer, das merkte man, so verknallt wie sie waren. Papa hatte eine ganz neue Lebendigkeit bekommen, das war sehr schön zu sehen. Und Lars himmelte Susanne an, und sie strich ihm oft durch seine Haare mit ihren rotlackierten Fingernägeln, ganz vernarrt in meinen kleinen Bruder.

»Sollen wir nicht mal ein Foto machen?«, schlug ich vor, und Papa lächelte mich überrascht an. »Gute Idee!«

Er ging ins Haus und kam mit seiner Canon zurück.

Nachdem er von uns dreien vor dem Monopoly-Spielfeld am Tisch ein Foto geschossen hatte, nahm ich die Kamera und hängte sie mir um. Ich positionierte die drei neben Mamas Rosen, Lars sollte vorne vor den beiden stehen. Papa legte den einen Arm um Susanne und zog sie etwas zu sich, woraufhin sie strahlte. Beide hatten wiederum automatisch ihre äußeren Arme auf die Schultern von Lars gelegt.

»So ist es gut!« sagte ich, hob die Kamera an mein Auge und stellte scharf, dann rief ich »Cheese«, wartete das erste Grinsen ab und drückte erst zwei Momente später auf den Auslöser.

Das Lächeln meines kleinen Bruders war einfach umwerfend. Mir war bis zu diesem Moment nicht klar gewesen, wieviel er von Mama hatte, wenn er lächelte. Und so war sie auf gewisse Weise auch mit auf dem Bild, mal abgesehen von den Rosen.

Papa nahm seine Kamera wieder an sich und sagte leise zu mir: »Danke, Lika.«

Fränki hatte ich Bescheid gegeben, und er war schon dabei, eine neue Aushilfe anzulernen, sagte mir aber, dass ich in meinen Semesterferien jederzeit wieder bei ihm jobben könne, ich solle mich melden. Der liebe Fränki war nett zu mir bei meinen letzten Schichten, als hätte er mich doch irgendwie ganz gern und als bedauerte er, dass ich ginge. Auch Biggi war rührend und erkundigte sich, ob ich denn genügend Geld gespart hätte für alles und zurechtkommen würde. Und sie warnte mich davor, in meinem Leben Schulden zu machen, denn dann würde man nie mehr richtig glücklich werden. Ich hatte mitbekommen, dass Fränki ihr finanziell unter die Arme greifen wollte, damit sie endlich von ihrem Schuldenberg runterkam, und er hatte ihr einen besseren Anwalt besorgt für die Sache mit der Hanfplantage. Dieser war zuversichtlich, dass Biggi mit einer Bewährungsstrafe davonkam, weil sie es das erste Mal getan hatte und die Mengen auch nicht so riesig gewesen waren.

Wir waren gerade allein am Tresen, als ich Biggi von meinem Gespräch mit meiner Tante erzählte, allerdings erwähnte ich vorerst nicht das mit Lars und auch nicht das Treffen in Flensburg.

»Und? Bist du jetzt zufrieden, weil du weißt, dass deine Mudder sich vor zehn Jahren einen Sommer lang mal in einen anderen Mann verliebt hat? Sie ist tot, Lika. Wenn du mich fragst, die Toten sollte man ruhen lassen, auch ihre Geschichten und Geheimnisse. So sehe ich das. Es heißt ja auch Totenruhe.«

Ich wusste selbst nicht, was das in mir war, aber jetzt, wo ich angefangen hatte, diese Dinge aufzudecken, konnte ich nicht aufgeben und es einfach gut sein lassen. Außerdem war es ja nicht so, dass meine Mutter sich während einer Ehekrise eben mal in einen anderen Mann verliebt hatte, es hatte alles noch ganz andere Dimensionen, doch das ahnte Biggi ja nicht. Kurz, ich konnte daher nicht anders. Ich musste Biggi das fragen, was schon seit Wochen unausgesprochen zwischen uns stand.

»Aber was war es, was du mir nicht sagen wolltest?«

»Na gut, jetzt wo du sowieso alles weißt, kann ich es dir ja erzählen.«

Biggi zündete sich eine ihrer Zigaretten an, inhalierte tief und stieß einen Rauchkringel Richtung Decke und dann noch einen. Ich kapierte, dass Biggi sich mit den Rauchkringeln innerlich sammelte.

»Ich habe doch eine Zeit lang mal auf der Prinz Danmark gekellnert, auch im Sommer 73. Da waren deine Mutter und ich schon zusammen zum Turnen bei Renate, aber ich war erst seit ein paar Wochen dabei. Jedenfalls mussten wir auf diesem Butterdampfer beim

Bedienen so einen bescheuerten Wikingerhelm mit Zöpfen tragen, unter dem hast du geschwitzt wie Sau, und ich glaube, deine Mutter hat mich einfach nicht erkannt. Es war eine Rückfahrt von Sonderburg am späten Nachmittag, als sie zustieg. Sie trug 'ne Sonnenbrille, auch unter Deck, sah aus wie'n Filmstar, wie Romy Schneider, da wollte jemand ganz klar nicht erkannt werden. Doch eine Biggi Lassen erkennt immer alle, und die mit Sonnenbrille ganz besonders. Und, na ja, obwohl sie 'ne Sonnenbrille trug, war vollkommen klar, dass sie ganz aufgelöst war. Wie sie da saß, so allein, zwischen all den Rentnern, die fröhlich Karten spielten, rauchten und ihre Schnäpse tranken, das werde ich nie vergessen. Wie ein Wesen vom anderen Stern. Es hatte zu regnen begonnen, und niemand konnte draußen sein an Deck, das war vermutlich auch der Grund, warum sie überhaupt im Restaurant war. Die Sonnenbrille fiel natürlich unter Deck und bei dem Regen besonders auf. Sie bestellte einen Kaffee bei mir, ich brachte ihr dann eine Tasse Kaffee und einen Cognac. Da erkannte sie mich und sagte: ›Ach, Biggi! Danke, den kann ich heute gut gebrauchen.‹ Und ich darauf: ›Dachte ich mir.‹ Als sie die Brille abnahm, war ihre Wimperntusche ganz verlaufen, und ich, Dr. Biggi Sommer, sah sofort, dass sie Liebeskummer hatte. Dann sagte sie: ›Biggi, ich habe einen großen Fehler gemacht diesen Sommer, aber heute habe ich die Sache endgültig beendet.‹ Und ich sagte nur: ›Ich glaub ja nicht, dass die Liebe ein Fehler ist.‹«

Die Standuhr schlug laut, einmal. Der letzte Satz von Biggi stand im Raum. Er hatte in mich eingeschlagen wie ein Blitz. Biggi nahm wieder einen Zug ihrer Zigarette.

»Na ja, und vor vier Jahren vormittags beim Turnen, da war sie total durch den Wind, ließ den Hula-Hoop-Reifen ständig laut fallen. Ich merkte, dass da was nicht stimmte. Dann ging sie raus, ich bin ihr gefolgt und hörte, wie sie in der Umkleidekabine schluchzte. Da habe ich sie direkt gefragt: ›Ist der Mann von damals wieder aufgetaucht?‹ Deine Mama nickte. Er wollte nach Amerika und sie vorher noch einmal in Flensburg ein letztes Mal sehen. ›Christiane‹, habe ich gesagt, ›was soll das bitte schön bringen? Nur Kummer und Ärger, nichts anderes.‹ ›Aber ich muss ihn dringend etwas fragen‹, sagte sie. Mehr nicht. Auch nicht, was das war.«

Biggi seufzte leise, rauchte den letzten Zug und machte dann die Zigarette im Aschenbecher aus. Ich spürte, dass ihr die ganze Sache nahegegangen war und sie immer noch beschäftigte. Biggi mit ihrem großen Herz, die vielleicht manchmal auch zu viel Mitgefühl für andere hatte. Ihre Stärke war auch ihre Schwäche.

»Es ging um das Stottern von meinem Bruder Lars«, sagte ich. »Mama wollte wissen, ob das in seiner Familie liegt.«

Jetzt sah Biggi mich mit ihren großen, wachen Augen an, ihr dämmerte, was ich bereits wusste.

»Dein Bruder ist von ihm?«

Ich nickte. »Sagt meine Tante.«

»Wahnsinn, Lika. Das kleine Steinchen im Wasser zieht immer größere Kreise. Und weiß dein Vater Bescheid?«

»Keine Ahnung. Ich weiß nur, dass er Lars immer wie einen eigenen Sohn behandelt hat.«

»Tja, das ist dann ja wohl die Hauptsache.«

Damit war unser Gespräch beendet.

Es war später Vormittag, als ich im Wohnzimmer die alten Fotoalben hervorholte, die ganz unten in der Bücherwand standen. Lars war an dem Tag bei Oma und Papa noch in der Schule. Ich sollte uns was zum Mittagessen kochen. Das letzte Album war von 1978.

Mama hatte sich immer am Ende des Jahres, zwei, drei Tage vor Silvester, hingesetzt und eine Auswahl von Fotos aus dem Jahr in ein Album geklebt, alles beschriftet und auch Eintrittskarten, Zeitungsartikel oder Postkarten, die zu den Ereignissen auf den Fotos gehörten, hinzugefügt. Es war also mehr als ein Fotoalbum, es war vielmehr ein Erinnerungsalbum an das, was in der Familie in dem Jahr so passiert war. In diesen Tagen war sie mehr oder weniger abgemeldet und auch der ganze Esstisch belegt, und es roch im Haus nach dem Pritkleber. Das Weihnachtsoratorium lief auf dem Plattenspieler, und sie summte leise mit, war ganz konzentriert. Ab und zu fragte sie meinen Vater, wann und wo genau das und jenes Foto aufgenommen worden war. Meist fanden sie es gemeinsam heraus. Zu Silvester blätterten wir dann alle zusammen auf dem Sofa im fertigen Album das ausgehende Jahr zurück. Ich hatte noch im Ohr, wie Papa dabei meine Mutter lobte: »Schön geworden, Christiane!«, oder: »Echt toll, dass du das jedes Jahr machst!«

Doch seit vier Jahren lagen die Fotos nur noch in ihren Umschlägen in irgendwelchen Schubladen bei Papa herum, wir fotografierten insgesamt viel weniger seit Mamas Tod. Vermutlich fotografiert sich eine unglückliche Familie nicht so viel wie eine glückliche.

Weil ich mich an 1973 und 1974 nicht sofort rantraute, öffnete ich 1972 zuerst. Damals wohnten wir noch in einer Dreizimmerwohnung in der Flensburger Straße. Ich blätterte wahllos einfach rein ins Album, sah mich als Neunjährige mit meinen Eltern, aber deren Anblick erschreckte mich. Papa war blass und dünn, trug einen fiesen Schnauzbart und hatte fast auf jedem Foto eine Zigarette in der Hand; meine Mutter wirkte irgendwie leblos, wie eine hübsche Puppe. Sie lächelte zwar brav auf den Bildern, aber es war nicht echt. Nachdenklich blätterte ich weiter. Es war das Jahr der großen Wortlosigkeit gewesen, des eisigen Schweigens, das unsere kleine Wohnung erfüllte, oder aber ich hörte die beiden im Schlafzimmer zischelnd streiten. Immer wieder unterbrochen von einem aggressiven »Pscht, das Kind schläft!« Von wegen. Ich konnte nie schlafen, wenn meine Eltern sich stritten, egal wie laut oder leise. Durch die Fotos kamen in mir die Gefühle von damals wieder hoch, meine Riesenangst, dass meine Eltern sich trennten. Scheidung, das furchtbarste Wort für ein Kind, das durchaus schon im Streit gefallen war.

Das Album war leicht lieblos zusammengestellt, kaum etwas extra dazugeklebt, als wäre 1972 aus der Sicht meiner Mutter wertlos gewesen und hätte wenig zu bieten gehabt an Familiengefühl. Die letzten Seiten des Albums waren auch leer geblieben, das hatte es sonst nie gegeben. Das Fotoalbum wirkte trostlos, bevölkert von unglücklichen Menschen, auch ich sah auf vielen Bildern irgendwie bedröppelt aus oder machte einen auf glückliches Kind. Und ich erinnerte mich daran, wie allein ich mit meinem Kummer gewesen war, ich hatte wirklich mit niemandem drüber reden können.

Ich legte 1972 auf den Couchtisch und griff zum Album von 1973. Hier war wieder die liebevolle Dokumentarin am Werk. Ich blätterte in den Sommer hinein, Fotos von Mamas Chorfahrt waren darin, nicht viele, aber ich guckte sie mir genau an. Mama bei ihrem Soloauftritt vor einem Kirchenaltar, in ihrem neuen Kleid, mit einem Mikrofon in der Hand. Die Haare hinten lang, aber die Seitenhaare hochgeflochten mit ein paar Blümchen darin. Das war das Konzert zum großen Mittsommerfest am 21. Juni, davon hatte sie mir erzählt. Ein anderes Foto zeigte Mama zwischen zwei Frauen, die sie umarmten, darunter stand, »Astrid und Inga, zwei lustige Schwedinnen«. Wie jung Mama darauf wirkte! Ein Reisebus war zu sehen, Mama stieg gerade ein und winkte. Als sagte sie mir und Papa für immer Adieu. Doch sie war zurückgekommen, unter dem Foto stand: »Rückfahrt aus Uppsala nach Malmö. Das Ende der Chorreise naht.«

Auf einem Bild sah man den gesamten Chor und einen Dirigenten von hinten. Sören Asmussen, mit flachsblonden Haaren, es war genau die Haarfarbe von Lars.

Mein Mund wurde trocken. Was ich hier machte, war

die schlimmste Art und Weise, ein Fotoalbum zu betrachten. Ich tat es nicht aus Freude an der Freude der anderen oder am eigenen Leben, sondern ich war auf Spurensuche, wie ein Drogenhund. Ich suchte nach dem Grund für das Fremdgehen meiner Mutter, warum sie sich verliebt hatte, ich suchte nach Lars' Vater und Beweisen seiner Vaterschaft. Neben den Fotos waren schwedische Programmzettel und Eintrittskarten aufgeklebt sowie die Kritik aus der schwedischen Zeitung. Mama hatte lediglich den Satz über sie mit Kuli an der Seite angestrichen, da, wo der Vergleich ihrer Stimme mit Ella Fitzgerald stand.

Ich hörte den Schlüssel in der Haustür, die Zeit war vergangen, ohne dass ich es bemerkt hatte.

Papa kam rein ins Esszimmer und sagte: »Na, Lika? Hast du was gekocht für uns? Ich habe einen Mordshunger.«

»Oh, Papa, ich hab die Zeit total vergessen, tut mir echt leid.«

Er kam zu mir und bemerkte erst jetzt die Fotoalben, das von 1973 lag noch aufgeschlagen auf meinem Schoß. Vor lauter Schreck hatte ich es nicht mal zugeklappt.

Papa streichelte mir über die Haare, schien irritiert und nachdenklich. Er räusperte sich.

»Na gut, dann machen wir uns einen Strammen Max, ist auch kein Problem.«

»Papa ...«

Wie begann man so ein Gespräch?

»Ja, Lika?«

Mir schossen die Tränen in die Augen, von dort liefen

sie über die Wangen, ich konnte nichts dagegen machen. Selten hatte ich mich so überfordert und hilflos gefühlt.

»Aber was ist denn los?«

Er hockte sich neben meinen Sessel und sah auf die Seite, die ich gerade aufgeschlagen hatte.

»Papa, ich ... ich muss dich was fragen.«

Ich hörte ihn ganz tief ein-, aber nicht wieder ausatmen. Es war das Stefan-Brodersen-Panik-Atmen. Wir sahen uns gegenseitig in unsere braunen Augen, ich hatte ja meine von Papa, wie immer alle sagten, und ich wusste, dass ich meinem Vater jetzt sehr wehtun, die alten Wunden aufreißen würde. Aber ich musste es tun.

»Ich habe herausgefunden, dass Mama in diesem Sommer was hatte mit ihrem Chorleiter. Sören Asmussen. Dem Dänen.«

Papa nickte, ganz leicht nur, es ging nicht eindeutig als Nicken durch.

»Aber das sind doch alles olle Kamellen, das ist so lange her.« Seine Stimme war ganz dünn und fast brüchig.

»Mir kamen die vier Wochen damals ewig vor«, sagte ich, »und als Mama zurückkam, war sie verändert.«

Papa schien sich einen Ruck zu geben. »Du erinnerst dich ja vielleicht noch, dass Mama und ich zu der Zeit eine ziemliche Ehekrise hatten.«

Ich nickte. »Ja, ich habe gerade das Album von 1972 angeguckt, das war nicht zu übersehen.«

»Es stand Spitz auf Knopf, und sie sagte, sie wolle sich da oben bei diesem Chorfestival in Schweden in Ruhe alles überlegen und wieder zu sich finden. Sie wollte mal eine Auszeit, und da habe ich gesagt, das sei vielleicht eine gute Idee.«

Papa hatte sich in den Sessel neben mir gesetzt. Er sah müde aus vom Unterrichten, und ich hörte seinen Magen knurren. Statt eines Mittagessens servierte ich ihm die Vergangenheit. Auf meinem Schoß lagen noch die eingeklebten Schwedenfotos und die Zeitungskritik. Papa zeigte darauf.

»›Eine Stimme so samtig und erdig wie eine Ella Fitzgerald, die Walderdbeeren gegessen hat‹, tja, Lika, als deine ach so stolze Mutter mir das übersetzt hat, war mir alles klar. Und ich habe ihr auf den Kopf zugesagt, dass ihre Selbstfindung wohl darin bestand, dass sie einen anderen Mann kennengelernt hat und fremdgegangen ist.«

»Und? Was hat Mama da gesagt?«

»Die Wahrheit. Du kennst ja deine Mutter. Sie hat mir ehrlich gesagt, dass das auch nicht nur eine Affäre war, sondern tiefer ging. Aber auch er war verheiratet und Vater von drei Kindern. Natürlich war das hart für mich damals, und klar, ich war eifersüchtig, zumal sie ihn danach ja noch ein paarmal getroffen hat. Weißt du, was ich in meiner Wut und Verzweiflung getan habe?«

Ich guckte ihn an, er schüttelte den Kopf, als könne er es immer noch nicht fassen.

»Ich wusste, dass sie ihr Kleid aus Schweden zur Reinigung bringen wollte, es lag schon zusammengerollt in ihrer Korbtasche im Flur, und da habe ich heimlich eine rote Kinokarte vom Capitol in die Seitentasche gesteckt.«

»Das warst du?!« Ich konnte es nicht glauben, hörte noch meine verzweifelte Mutter mit Frau Tilitzki in der Reinigung streiten.

»Aber zwischen deiner Mutter und mir wurde es dann wieder besser. Diese Sache mit Sören hatte mir nichts weggenommen, im Gegenteil, sie hatte uns wieder zueinandergeführt. Na ja, und dann hat sie es ja auch endgültig beendet.«

Wir lächelten uns an. Papas Magen grummelte in die Stille hinein.

»Und dann war Lars unterwegs«, sagte ich, schlug das Album zu und guckte meinen Vater direkt an. Ich hatte ihm eine Stefan-Brodersen-Brücke gebaut.

»Ich weiß, was du denkst, Lika.« Er stockte. »Ja, es war unsicher, wer der Vater ist. Ich habe deine Mutter nicht gefragt, ob sie weiß, von wem sie schwanger ist. Irgendwie hatte ich Schiss, aber sie sagte damals im Herbst 73 von sich aus zu mir: ›Ich wünschte, es wäre von dir, Stefan, denn mit dir will ich leben. Und wenn es von Sören sein sollte, dann wünsche ich mir, dass du das Kind wie deines betrachtest, denn es gibt keinen besseren Ehemann und Vater als dich.‹«

Papa seufzte, lächelte bei der Erinnerung, aber mehr nach innen, bevor er sagte: »Und kannst du dir ein Leben ohne Lars vorstellen?!«

Jetzt rannen ihm ein paar Tränen über die Wangen, und ich erhob mich, legte das Jahr 1973 beiseite und nahm meinen Vater in den Arm. Ich brauchte das Album von 1974 gar nicht zu öffnen, ich hatte all die Bilder noch im Kopf. Lars' Geburt, Mama, wie sie aus dem

Krankenhaus kam mit Papa, dieser mit Lars im Arm, wie er ihm ein Fläschchen gab, ich mit meinem Bruder, Oma und Opa, alle wollten diesen kleinen Jungen tragen, halten, anlächeln. Mit Lars war das Glück zurückgekommen in unsere Familie.

17.

Abschied

Es war inzwischen September, als ich meinen letzten Abend im *Kakadu* hatte. Biggi bediente, und da nicht viel los war, hatte Fränki mir den Tresen überlassen und sich mit einem von mir perfekt gezapften Bier zu den paar Leuten vorne an den Tisch gesetzt, neben die Skatrunde.

Weißbier-Claus zitierte gerade wieder eine Studie, wie sehr dieser trockene Sommer dem Wald geschadet habe und dass wir durch die Klimaveränderungen in Zukunft noch viel öfter Wetterextreme, mehr Überschwemmungen und Dürren bekämen. Die anderen rümpften die Nase.

»Claus, du ewiger Schnacker, du bist hier beim Skat-Club und nicht beim Club of Rome! Du musst ansagen!«

»18, 20, 22«, reizten sie, gereizt von Skatbruder Claus. »Ich spiel einen Grand«, sagte einer und ein anderer prompt »Kontra«.

Peter saß an der Bar und fragte mich nach meinem Studium aus, doch weder konnte ich ihm klarmachen, was ich genau studierte, noch verstand er überhaupt etwas vom akademischen Leben. Als ich ihm erklärte, dass ich mich demnächst an der Uni einschreiben müsste, da zuckte er bei Wörtern wie Semester, Studentenwerk oder Vorlesungsbeginn leicht zusammen. Für mich waren es ja auch ganz neue Vokabeln.

Peter hatte sich neuerdings Strähnchen ins Haar machen lassen, es sah aus wie Vogelgefieder.

»Wie findest du es?«, fragte er.

Ich fand es einfach nur furchtbar, genau wie seine Miniplidauerwelle, und ich überlegte einen Moment, wie ich es am besten ausdrücken könnte.

»Darfst nicht vergessen, auch immer schön Pflege zu benutzen, bei so viel Chemie im Haar.«

Er schwärmte von einer neuen Haarkur, die er gerade ausprobiert hatte.

Prompt machte Helmut, einer der Skatspieler, einen Kommentar in seine Richtung rüber.

»Bist du 'ne Schwuchtel, Peter, dass du eine Haarkur machst?«

Biggi gab ihm Kontra. »Helmut, du bist doch nur neidisch, mit deiner Glatze kannst doch nur davon träumen, mal eine Haarkur zu machen!«

Alle, bis auf Helmut, lachten, und Biggi schob hinterher: »Wusstet ihr schon, dass Kojak tot ist? – King Kong hat ihn als Deoroller benutzt.«

Biggi erntete erneut viele Lacher, sie war mal wieder ganz in ihrem Element, manchmal sagte sie ja auch von sich, dass sie in der Unterhaltungsbranche arbeitete.

Und dann riss Peter selbst jene Sorte Witz, die beweisen sollte, dass er ein echter Kerl war und alles andere als unnormal. Auf seinem Barhocker wandte er sich mit lauter, tiefer, norddeutscher Straßenbauarbeiterstimme Richtung Kneipenraum und sagte knochentrocken:

»85 % der Frauen finden ihren Arsch zu dick, 10 % zu dünn. Und 5 % finden ihn so, wie er ist, okay und sind froh, dass sie ihn geheiratet haben.«

Das große Gelächter gab Peter seine Ehre zurück, und er zwinkerte mir über den Tresen hinweg zu, als ginge er davon aus, dass ich eine Verbündete war gegen diese Idioten hier.

Es war halb zehn, als Biggi mir eine Großpackung Hakle-Soft in die Hand drückte und sagte, ich solle auf den Toiletten die Klorolleninspektion machen und nachfüllen. Ich wunderte mich etwas, warum sie es nicht selbst schnell machte, aber verließ ohne Widerrede meinen Platz am Tresen und ging Richtung Klo.

Es gab wieder ein paar neue Sprüche an den Wänden und Innenseiten der Türen, wie ich feststellte, alles so belanglos wie immer. Mit Herzen ummalte Liebeserklärungen bei den Frauen, auch neue Schmähungen und Verleumdungen, alle gegen andere Frauen gerichtet, ein paar harmlos versaute Sprüche bei den Männern. Komisch, auf allen Klos gab es mehr als genug Reserverollen. Ich packte noch ein paar oben drauf, Auftrag von Biggi war Auftrag von Biggi. Trotz der sehr profanen Tätigkeit wurde ich tatsächlich etwas sentimental, weil mir klar wurde, dass ich es das letzte Mal tat.

Als ich zurückkam, wunderte ich mich. Es war still und das Licht aus, und alle waren verschwunden, nur ihre Getränke, Spielkarten und Zigaretten lagen noch da. Auch Peter saß nicht mehr auf seinem Stammplatz bei seiner Herrenhandtasche. Da ging plötzlich laut die

Aufräumkassette mit »Copacabana« los, und Biggi kam um die Ecke aus dem Nebenraum, in den Händen einen Kuchen mit angezündeten Wunderkerzen darauf. Hinter ihr folgten wie ein Chor all die anderen, vielleicht fünfzehn Gäste des Abends. Fränki, der nun am Tresen auftauchte, hatte laut aufgedreht. Immer wenn der Refrain mit »Copacabana« kam, machte er am Regler den Ton leiser, und alle, auch Peter und die Skatrunde einschließlich Helmut und Weißbier-Claus, grölten »At the Kakadu, Kappeln-cabana – the hottest spot north of Havana«. Es war eine Mischung aus Muppet- und Rocky Horror Picture Show, und obwohl es so lustig und schräg war, kamen mir die Tränen.

Ich trat auf Biggi zu, und sie überreichte mir den Kuchen, zwischen uns die Funken der Wunderkerzen. In rosa Zuckerguss stand oben »Good luck, Miss Mehlby«.

Ich musste schlucken, Miss Mehlby, das war nicht nur nett. Mit belegter Stimme sagte ich: »Oh, vielen Dank!«, dann stellte ich den Kuchen auf dem Tresen ab und umarmte Biggi. Ich drückte sie das erste Mal an mich, aber von ihr kam nur »Hoppla, so stürmisch«, sie war völlig überfordert.

Auch Fränki umarmte ich mit Tränen in den Augen, und das Schönste war, dass er ebenfalls feuchte Augen bekam. Irgendwie hatte ich ihn, trotz oder vielleicht wegen seiner Macken, ins Herz geschlossen, und immerhin hatte der Geizhals sich selbst übertroffen und half Biggi jetzt aus der Klemme. Das rechnete ich ihm hoch an.

Dann machte Fränki das Licht wieder an im *Kakadu*, und die Luft roch nach verbrannten Wunderkerzen.

»Vielen Dank für die schöne Gesangseinlage, das war großartig!«, sagte ich in die Runde, und einen Moment lang standen wir alle etwas unschlüssig herum. Uns fehlte die Ereigniskarte, die bestimmte, was als Nächstes zu tun war.

»Kriegen wir ein Stück vom Kuchen?«, fragte jemand, und ich sagte, dankbar für die Idee: »Aber klar doch«, und war froh, weil mich das etwas ablenkte von meinem Abschiedsschmerz.

Biggi brachte aus der Küche ein Messer, und ich schnitt den Kuchen an, gab ihr und Fränki zuerst jeweils ein Stück, dann Peter und danach all den anderen, Weißbier-Claus als letztem und ein schmaleres. Wer kaum Trinkgeld gab, hatte es nicht anders verdient. Ich selbst nahm mir das Stück, das übrig blieb, und biss hinein, es war ein Nusskuchen mit einer Glasur aus weißer Schokolade, sehr lecker. Vermutlich von Sabine. Backen konnte sie, das musste ich zugeben. Verabschiedet hatte ich mich schon am früheren Abend von ihr, als sie Feierabend machte.

»Brauchst nicht mehr mit aufräumen, Lika, du kannst gehen«, sagte Fränki im Ton der Lottofee und gab mir einen Umschlag mit meinem letzten Lohn und dem heute geringen Trinkgeld. Ich zählte nicht nach und steckte ihn mir hinten in meine Hosentasche. Dann ging Fränki an die Stereoanlage und holte die Kassette heraus, packte sie in eine Hülle und reichte sie mir.

»Damit du uns nicht vergisst, ist eine neue Kopie, nicht die ausgeleierte alte!«

»Oh, danke, das ist ja toll.«

Ich freute mich riesig, schnappte mir meine Jacke, steckte die Kassette in die Seitentasche. Beim Gehen winkte ich allen zu und rief laut »Tschüüss«, und ein warmer, vielstimmiger Chor aus »Tschüühüüs-alles-Gudde-halddieOhrensteif« eskortierte mich.

Von draußen sah ich noch einmal durchs Fenster hinein in den *Kakadu*. Biggi stand jetzt hinterm Tresen, neben Fränki, eine Zigarette in der Hand. Er legte einen Arm um ihre Schulter, und ihre Gesichtszüge entglitten, doch sie drehte sich um zu den Flaschen, damit es keiner sah, und griff nach dem *Blue Curacao*.

Ich fuhr los durch die Einkaufsstraße, die völlig verlassen dalag, es war dunkel, und ich musste am Rad Licht anmachen. Bereits am *Aurora* setzte Regen ein, erst ganz sanft, wie das Intro von *Streetlife*, aber er wurde schon bei *Kloppenburg* stärker. Ich konnte es nicht fassen. Regen! Nach über zwei Monaten das erste Mal! Jetzt regnete es richtig, und die Tropfen fielen auf mein Gesicht, auf die Nase, die Haare, die Hände am Lenker und auf meine Jeans. Es spritzte seitlich vom Dynamo weg.

Kein Mensch war weit und breit zu sehen, als ich an der Bücherei vorbeifuhr, aber unter dem Vordach von *Elektro Nissen*, da stand jemand in einem Wildlederblouson. Was heißt stand? Die Person tanzte! Ich fuhr etwas langsamer und erkannte Sven Johannsen, der gerade laut die Melodie von »I'm singing in the rain« summte. Er tat so, als würde er steppen, machte große Schritte und Drehungen wie Gene Kelly oder Fred Astaire. Da freute sich jemand genauso über den Regen wie ich.

Und dann entdeckte er mich, grinste ertappt, hielt kurz inne und hob den Arm. »Moin, Lika! Geil mit dem Regen, oder?«, rief er mir zu, und ich winkte ihm durch den Regen zurück, und wir lächelten uns an, wie immer leicht flirtend und im Konjunktiv.

Ich trat kräftig in die Pedale, der Regen fiel geräuschvoll auf das ehrwürdige Kopfsteinpflaster, über das schon meine Ahnen gegangen waren, ich sauste an der Friedhofskapelle vorbei, um möglichst schnell nach Hause zu kommen. Das Wasser spritzte hoch vom jetzt wieder glatten Asphalt der Flensburger Straße, der Regen kam noch mehr in Fahrt, Bänder von Regen vor mir wurden von der Straßenbeleuchtung angestrahlt. Meine Haare und Kleidung waren inzwischen komplett nass, aber das war mir egal. Ich sauste über die Kreuzung an der Bundesstraße, bog ab in die Siedlung und fuhr durch eine kleine Pfütze. Die erste Pfütze seit Monaten! Was für ein Fest! Der Regen pladderte auf die Känguruh-Siedlung mit ihren drei Straßen, auf die neuen Häuser und auf die Zweitwagen, die unter den Straßenlaternen parkten, er pladderte auf die freistehenden amerikanischen Briefkästen, auf die ausgetrockneten Rasenflächen und in die Regenrinnen hinein. Er trommelte auf die Dächer und pladderte auch auf mich, Lika Brodersen, ein Kind dieser Stadt. Winzige, harte Tropfen fielen auf mein Gesicht, und ich spürte jeden einzelnen ganz genau, als spürte ich Regen überhaupt das erste Mal. Ich öffnete meinen Mund Richtung Himmel und streckte dem Regen die Zunge heraus. Ich wollte den Regen schmecken, trinken, genießen, erhob mich vom Sattel und streckte mich ihm entgegen. Auf mich sollte es nassen Regen regnen! Was hatte ich ihn vermisst.

Dunkle Regenwolken hingen über unserer kleinen Welt, und nicht nur die große Trockenheit war vorüber, sondern auch der Sommer, und ich freute mich, freute mich so sehr, wie ich mich noch nie über Regen gefreut hatte! Es war ein Erleichterungs-Regen, ein Vorfreude-Regen, ein Herr-es-ist-Zeit-Regen, ein reinwaschender Regen. Es war der 50. Regen in meiner Regensammlung, und mit ihm würde ich nun das Regentagebuch abschließen und meine Zeit hier oben in diesem Stückchen Land am Ende der Welt, wo der liebe Gott so gern seine Wolken abregnen ließ.